Declans überraschende Begegnung

CHRIS KENISTON

Indie House Publishing

Indie House Publishing

DANKSAGUNG

Die Buchreihe über Familie Farraday war bisher ein unglaubliches Abenteuer, denn Sie scheinen schneller zu lesen, als ich schreiben kann. Jedes Mal, wenn ich ein Buch fertigstelle, stelle ich voll freudiger Überraschung fest, dass es den Leuten gefällt.

Declans Geschichte war eine spannende Reise. Die Autorin Kathy Ivan hat mich jeden Nachmittag bei sich willkommen geheißen, um mich zu motivieren, damit ich den Zeitrahmen einhalte. Steve Richards hat mir wieder einmal – überaus geduldig – erklärt, wie alles auf der Polizeiwache von Dallas wirklich abläuft und was in DJs Macht steht und was nicht. Vielen Dank an die Autorin Angi Morgan, die alles über Texas Ranger weiß (vielleicht brauche ich dich bald noch einmal). Ich danke euch allen für eure Hilfe während des Schreibprozesses. Ihr alle habt dafür gesorgt, dass sich „Declan" viel flüssiger liest.

Ich möchte mich ganz besonders bei all den tollen neuen Fans bedanken, die mich aufgrund der Farradays gefunden haben, und natürlich bei allen treuen Fans, die meine Bücher schon länger lesen. Es macht mir große Freude, die Rezensionen und E-Mails zu lesen. In der Tat bin ich gerade in diesem Moment vollkommen aus dem Häuschen, weil ich soeben eine fantastische Bewertung gelesen habe. Sie alle sind einfach toll. Vielen Dank!

KAPITEL EINS

„**D**er Typ mit dem Baseballschläger hat wieder zugeschlagen." D.J. legte den Hörer auf und schob sich von seinem Schreibtisch weg. „Das ist der fünfte Briefkasten diese Woche."

Teenager Streiche waren eine Sache, aber das hier nahm überhand. Und dieses Mal hatte man es auf Mrs. Peabody abgesehen. Seit ihr Ehemann gestorben war, hatte die Frau mehr als ein imaginäres Problem, sie brauchte nicht auch noch ein echtes. Wer konnte sagen, wie lange er und seine Abteilung regelmäßig an ihrem Haus vorbeifahren müssten, bis sie etwas anderes fand, das sie beunruhigte. Da er neben sich selbst, nicht einmal eine Handvoll Officers für die kleine Stadt und die umliegenden Ranches hatte, war es nicht praktikabel, den ganzen Tag – und die ganze Nacht – in Mrs. Peabodys Nachbarschaft Streife zu fahren, doch er würde es tun.

Esther, seine Fahrdienstleiterin, streckte den Arm aus. Zwischen ihren Fingern baumelte eine rosa Haftnotiz. „Du könntest deinen Bruder zurückrufen."

„Welchen?"

„Brooks. Ich habe den Anruf angenommen, während du Mrs. Peabody beruhigt hast."

D.J. blickte auf den Notizzettel. „Danke." Ein raschelndes Geräusch an der Eingangstür erweckte seine Aufmerksamkeit, doch sein klingelndes Handy lenkte ihn ab. „Farraday."

„Wenn du vorbeikommst, dann besser gleich als später", sagte Brooks schnell. „Ich bin fast fertig mir Christopher Brady."

„Christopher?" Eine weitere Bewegung vor dem Gebäude ließ ihn zum Fenster gehen. „Was ist mit ihm?"

„Seine Mom hat ihn mit einem gebrochenen Arm vorbeigebracht."

„Ach wirklich?" Christopher würde auf die harte Tour lernen, dass man dem Karma nicht entkommen konnte.

„Ja. Ich denke, du hattest einen weiteren zerstörten Briefkasten."

D.J. blickte die Straße auf und ab und nickte, obwohl sein Bruder ihn nicht sehen konnte. „Den von Mrs. Peabody."

„Wenn du meine professionelle Meinung hören willst, sieht es so aus, als würde dieser Brady-Sohn es nicht gut aufnehmen, dass die Zwillinge jetzt all die Aufmerksamkeit bekommen."

„Ja, da könntest du recht haben. Ich komme gleich vorbei." D.J. steckte sein Handy in die Tasche und machte einen Schritt in Richtung des kratzenden Geräuschs, das aus der Richtung der Vordertür kam. Er wartete. Nichts. Vielleicht hatte seine Familie recht und er brauchte wirklich Urlaub. Tuckers Bluff war kein Mekka des Verbrechens, aber manchmal war es genauso anstrengend, den ganzen Tag nichts zu tun, wie mit Arbeit überhäuft zu werden. Doch diese langen ereignislosen Winter und die Streiche der Jugendlichen waren ihm tausendmal lieber als die Scheiße, die den ganzen Tag in der Großstadt ablief. Er blickte zu Ester, seiner unverzichtbaren Fahrdienstleiterin, die schon eine Marke getragen hatte, bevor er überhaupt die Polizeiakademie besucht hatte und wartete, bis sie ihr Telefonat beendete.

„Ja, Ma'am", sagte Esther lächelnd. „Ich weiß, wie Sie sich fühlen." Sie nickte ebenfalls, obwohl die Anruferin sie nicht sehen konnte. „Sie können sicher sein, dass ich ihn erinnere." Dieses Mal kicherte Esther. „Und ich weiß nicht, ob ich das so sagen würde." Ihr Kopf wackelt noch ein paarmal, bevor sie die Augen verdrehte und wieder lächelte. „Ja, Ma'am, haben Sie einen schönen Tag."

„Lass mich raten", D.J. verlagerte sein Gewicht. „Mrs. Peabody."

Esther nickte. „Hast du mit deinem Bruder gesprochen?"

„Ich wollte mich gerade auf den Weg machen." Fast an der Tür, erweckte ein weiteres kratzendes Geräusch seine Aufmerksamkeit. Er winkte Esther, machte eine großen Schritt zur Tür und riss sie auf.

Neben einer der alten Bänke an der Wand des Reviers saß ein Hund, der mit dem Schwanz wedelte und hechelte. Er sah so wild wie ein Wolf aus, aber wirkte so freundlich wie ein Familienmaskottchen."

„Na du." D.J. bewegte sich langsam vorwärts, da er sich nicht sicher war, wie lange das Schwanzwedeln noch anhalten würde. Er wurde mit einer erhobenen Pfote belohnt. „Oh, du gibst Pfötchen." D.J. nutzte die Chance und schüttelte ihm die Pfote. Dann kraulte er das Tier am Hals und suchte gleichzeitig nach einem Halsband oder einer Marke. „Du musst irgendwem gehören. Kein Streuner weiß, wie man Pfötchen gibt." Moment. „Ich wette, du bist das Kerlchen, das hier überall auftaucht."

D.J. hätte schwören können, dass der Hund nickte.

„Geh nirgends hin. Ich kenne ein paar Leute, die dich gerne ansehen würden. D.J. kraulte den Hund weiter am Hals und zog sein Handy heraus, um im Büro seines anderen Bruders anzurufen. Es war praktisch, sowohl einen Arzt als auch einen Tierarzt in der Familie zu haben.

„Tierklinik, wie kann ich helfen?" Becky Wilsons fröhliche Stimme drang durchs Telefon und brachte ihn zum Lächeln. Die kleine war immer fröhlich und aufgeweckt und der Klang ihrer Stimme, könnte sogar den größten Griesgram zum Lächeln bringen.

„Ich habe hier jemanden, den Adam sich sicher ansehen möchte."

„Er ist leider nicht hier. Es war nicht viel los, also sind er und Meg zum Shoppen nach Butler Springs gefahren."

„Mist. Ich habe den Hund."

„Den Hund?", wiederholte sie. „Oh, warte, Du meinst diesen Hund?" Ihre Stimme wurde eine Oktave höher und jetzt grinste er wirklich.

„Ich denke schon."

„Cool! Lass ihn nicht abhauen. Ich bin auf dem Weg."

Bevor er noch etwas sagen konnte, war die Leitung tot und er entschied sich, dass der Brady-Junge noch warten könnte. Es war ja nicht so, als wüsste D.J. nicht, wo die Familie wohnte. Doch er wünschte sich, dass Christopher nicht von Häusern mit Toilettenpapier dekorieren zu mutwilliger Zerstörung fremden Eigentums übergegangen wäre. Ein Auge zuzudrücken war hier keine Option mehr und bei diesem Maß an Vandalismus war auch eine Rüge nicht mehr ausreichend.

„Becky ist auf dem Weg", erklärte er dem Hund. „Du wirst sie mögen."

Erneut wackelte der Hund mit dem Kopf, als würde er nicken. Er drehte sich herum, sprang auf die Hinterbeine, als würde er tanzen wollen, und ging dann zur Seite, sodass D.J. besser sehen konnte, was unter der alten Bank hinter dem flauschigen Hündchen versteckt war.

„Sag mir nicht, dass jemand deine Welpen hier ausgesetzt hat und dass du deshalb aufgetaucht bist." Den Hund mit einer Hand festhaltend, lehnte sich D.J. vor und zog einen Pappkarton unter der Bank hervor. Einen Sekundenbruchteil lang dachte er, er würde halluzinieren. Erst einmal und dann noch einmal blinzelnd schüttelte er den Kopf. Keine Halluzination. Er bückte sich und griff hinein. „Verdammte –"

Becky sprang auf und drehte sich zu ihrer Freundin Kelly, der Rezeptionistin, um. „Sieht so aus, als hätte D.J. den geheimnisvollen Hund gefunden. Er hat ihn auf dem Revier. Ich renne schnell rüber."

„Ist er verletzt?" Wie alle anderen in der Stadt, die von dem geisterhaften Hund gehört hatten, wusste auch Kelly, dass der Streuner laut einiger Aussagen hinkte. Niemandem gefiel die Vorstellung eines verletzten Tieres, das ganz auf sich allein gestellt war.

„Wir werden es herausfinden. Ich bringe ihn her. Selbst wenn er nicht verletzt ist, braucht der arme Kerl ein gutes Zuhause."

„So wie er sich um Tonis Ehemann und die kleine Stacey gekümmert hat, denke ich, dass er ein guter Beschützer ist. Vielleicht hätte deine Großmutter gerne noch einen Hund, jetzt wo du ausgezogen bist."

Becky verdrehte die Augen und fischte ihre Schlüssel aus ihrer Handtasche. „Bring sie nicht auf Gedanken." Sie huschte um den Empfangstresen herum und winkte Kelly. „Bin bald wieder da."

„Keine Eile", rief ihr Kelly hinterher.

Einer der schönen Aspekte an Beckys Job, war es, mit einer ihrer besten Freundinnen und dem coolsten

Boss auf der ganzen Welt zusammenarbeiten zu können. Es schadete auch nicht, dass sie, weil sie für den ältesten der Farraday-Brüder arbeitete, immer das neueste über Ethan erfuhr, ohne direkt nach ihm fragen zu müssen. Auch wenn sie viele seiner Social-Media-Beiträge verfolgte, wusste sie, dass es noch viel gab, das nicht für die Öffentlichkeit bestimmt war. Und sie versuchte gar nicht, sich die vielen Dinge vorzustellen, von denen nicht einmal seine Familie wusste.

Das Polizeirevier lag ziemlich zentral an der Main Street. Keine Distanz, wenn man die Größe von Tuckers Bluff betrachtete. Doch unter diesen Umständen würde es zu lange dauern, zu Fuß zu gehen. Ohne unnötige Aufmerksamkeit zu erregen, fuhr sie so schnell wie möglich mit ihrem kleinen Pickup zu D.J.s Arbeitsplatz. Natürlich musste sie sich die Zeit nehmen, Burt Larson zu winken, der gerade einige Fässer vom Bürgersteig in seinen Eisenwarenladen zog. Diese Dinger den ganzen Tag rein und raus zu hieven, war ohne Zweifel einer der Gründe, warum er immer über jeden Klatsch auf dem Laufenden war. Natürlich verlangte der Kleinstadtcodex es auch, dass sie das Fenster herunterkurbelte und kurz mit Polly plauderte, als diese gerade das Cut and Curl absperrte. „Heute früh Schluss?"

„Ja, Mrs. Thorton hat ihren Termin zum Färben abgesagt. Ich dachte mir, das wäre eine gute Gelegenheit, mir den Nachmittag frei zu nehmen." Becky nickte und winkte. „Viel Spaß."

Die meisten Geschäfte schlossen unter der Woche relativ früh. Hätte sie noch ein paar Minuten länger gewartet, müsste sie jetzt wahrscheinlich an jedem Laden für einen kleinen Plausch anhalten.

Für einen Ort, an dem Gesetzesbrecher verwahrt werden sollten, sah das Polizeirevier von der Straße aus sehr einladend aus. Becky fand direkt davor eine leere

Parklücke und eilte an den Bänken und Topfpflanzen verbei. Sie stürmte praktisch durch die Glastür, nur um sofort abrupt stehenzubleiben.

Wie erwartet stand D.J. neben dem mittelgroßen felligen grauen Tier. Doch anstatt die beiden in seinem Büro anzutreffen, waren sie auf Esther fixiert, die ein Baby in ihren Armen wiegte. „Verdient ihr euch jetzt ein Zubrot als Babysitter?", fragte Becky.

„Sieht so aus." Esther summte für das Baby an ihrer Schulter.

Der Hund riss sich von D.J. los und sprang in Beckys Richtung."

„Hey." D.J. drehte sich dem Hund hinterher.

Mit wackelndem Schwanz erreichte der Streuner Becky vor ihm, machte vor ihr Sitz und bot ihr seine Pfote an.

„Das hat er bei mir auch gemacht." D.J. stoppte vor ihr und seine dunklen Augen wanderten wieder zu dem Baby.

„Du bist ein Gentleman, nicht wahr?" Sie ging in die Hocke und kraulte den Hund mit beiden Händen am Hals. Dann hob sie den Kopf und blickte zu D.J.. „Wem gehört das Baby?"

„Das wollen wir gerade herausfinden."

„Herausfinden?" Sie blickte von D.J. zu Esther und wieder zurück.

D.J. winkte mit ein paar Briefen. „Das Baby wurde hier in einer Pappschachtel an der Treppe ausgesetzt. Die hier lagen darin." Er drehte sich zu seinem Büro und zeigte auf den Hund." „Rin Tin Tin hier hat Wache gehalten."

„Du bist aber ein guter Hund." Sie kraulte ihn weiter hinter den Ohren. „Ich kann mir nicht vorstellen, dass irgendjemand aus der Gegend ein Baby ohne Schutz an der Türschwelle ablegen würde." Sie tätschelte den Kopf des Hundes, erhob sich und ging zu

Esther hinüber. „Mädchen oder Junge?"

„Wir haben noch nicht nachgesehen. Als der Chief die Box aufgehoben hatte, wachte das arme Ding auf und Mr. Dad da drüben gab mir das Baby so schnell, als würde es in Flammen stehen."

Gurrend tätschelte Becky dem Baby den Rücken. „Sind Babys nicht süß?"

D.J. riss einen Umschlag auf und ging in sein Büro.

Das Telefon klingelte. Esther blickte zu ihrem Boss, schüttelte den Kopf und reichte Becky das Baby. „Jemand muss da rangehen."

„Ja, das muss jemand", rief D.J. von seinem Schreibtisch aus und öffnete das gefaltete Blatt Papier.

Becky folgte ihm. Der Hund ließ sich in der Tür nieder und blickte zum Eingang.

Behutsam wiegte Becky das kleine Wesen in ihren Armen wieder in den Schlaf. Sie liebte Babys. Eigentlich alle Kinder. Seit sie selbst ein kleines Kind war, träumte sie von einem schönen weißen Ranch-Haus mit einem kleinen umzäunten Garten an der Seite und Kindern mit gemeißelten Farraday-Gesichtszügen, blaugrünen Augen und Ethans sandblonden Haaren. Doch mit jedem Jahr, das verging und in dem Ethan weiter mit dem Marine-Corps verheiratet war, schien es unwahrscheinlicher zu werden, dass ihr Traum vom glücklich-bis-an-ihr-Lebensende in Erfüllung gehen würde. Aber sie war nicht bereit, ihren Traum aufzugeben. Noch nicht. Irgendwann würde er nach Hause kommen und sie als die erwachsene Frau sehen, die aus ihr geworden war. Und dann hätte er keine andere Wahl, als sich Hals über Kopf in sie zu verlieben, so wie es ihr im ersten Jahr an der Grundschule widerfahren war. „Wer würde etwas so kostbares aussetzen?"

„Das versuche ich gerade herauszufinden." D.J. blickte weiter auf das Blatt Papier vor ihm. „Hier steht nur, dass die paar Tage, die sie und der Vater zusammen verbracht hatten fantastisch waren." Er blickte über den Rand des Papiers. „Ich erspare dir die, ähm … intimen Details."

Becky blickte nach unten, um zu verbergen, dass sie errötete. Sie konnte mit den Mädels ohne Probleme über Sex witzeln und reden, aber umgeben von starken, gutaussehenden Männern, oder in diesem Fall einem Mann, meldete sich ihre altmodische Erziehung immer zu Wort.

„Klingt so, als wäre – ist – Mama von der wilden Sorte." D.J. las weiter. „Sie dachte, es wäre an der Zeit, eine Familie zu gründen. Dass die Schwangerschaft trotz Verhütung ein Zeichen von Gott war." D.J. zog bei diesen Worten eine seiner dunklen Augenbrauen nach oben.

„Ich denke, die Neuartigkeit wurde schnell langweilig."

„Ja." Er blätterte zur zweiten Seite. „Sie fährt einfach weiter, wo das helle Licht sie hinzieht und weiß, dass Brittany –"

„Also bist du ein Mädchen." Becky küsste das süße Kind auf die Stirn. „Ich hätte es wissen müssen. So ein hübsches Gesicht."

D.J. fuhr fort: „Die Mutter weiß, dass sie es bei einer stabilen Familie besser haben wird. Familie? Sch …" D.J. seufzte laut, schloss die Augen und drückte seinen Nasenrücken. „Hört sich so an, als hätte der ahnungslose liebende Vater bereits eine eigene Familie. Ich frage mich, wie Mrs. Liebender Vater das aufnehmen wird."

„Ich weiß nicht, wie stabil eine Familie sein kann, wenn dieser liebende Vater seine Frau betrügt. Steht in dem Brief, wer dieser Vater ist?"

D.J. schüttelte den Kopf, legte den Brief auf den Schreibtisch und zog sein Handy heraus. „Reed, ich will, dass du dich an der Auffahrt zum Highway positionierst."

„Soll ich nach Rasern Ausschau halten?", fragte der junge Officer.

„Dieses Mal nicht. Wenn du ein Auto siehst, dass du nicht kennst, frag das Nummernschild ab und ruf mich zurück." D.J. legte auf und las weiter.

„Du denkst, die Mutter ist nicht von hier?"

D.J. nickte. „Hier in dieser Stadt gibt es keinen Ort, an dem ein Mann ein Wochenende seinen Spaß haben könnte, ohne dass seine Frau es herausfindet."

„Wieso hat sie Brittany hier und nicht bei ihrem Vater ausgesetzt?"

„Wahrscheinlich", D.J. steckte den Brief wieder in den Umschlag und holte ein weiteres Blatt Papier heraus, „damit sie nicht festgenommen wird. Das Baby vor einer sicheren Einrichtung auszusetzen, schützt sie in Texas vor strafrechtlicher Verfolgung."

„Ich würde die Treppe keinen sicheren Ort nennen."

„Ja, sie wusste vermutlich, dass einer von uns rein oder raus gehen würde." Er blickte durch das Glasfenster seines Büros zur Eingangstür. „Das wird ein Chaos werden. Selbst wenn wir herausfinden, wer der Vater ist, muss ich das Jugendamt einschalten, damit wir eine zertifizierte Pflegefamilie für sie finden. Der Vater wird einen Vaterschaftstest verlangen und, anders als im Fernsehen, wird das nicht über Nacht passieren, wenn der Staat involviert ist."

Durch das Wiegen war das süße Baby trotz der Unterhaltung eingeschlafen. Becky verlagerte ihr Gewicht. „Ich kann helfen."

D.J. faltete das nächste Blatt Papier auf und blickte Becky an. „Weißt du etwas, das ich nicht weiß?"

Sie schüttelte den Kopf. „Ich bin offiziell immer noch zertifizierte Pflegemutter. Erinnerst du dich an

Omas Cousine Gert, die während eines Besuchs vor ein paar Jahren gestorben ist? Sie hatte ihren Enkel Chase bei sich. Seine Mama war damals einige Zeit verschwunden und sie hatte Gert nie gesagt, wer der Vater war."

„Richtig. Ihr hattet den Jungen ein paar Monate, bis das Jugendamt den Vater fand."

„Wir hätten ihn auch behalten, hätte Oma den Kerl nicht gemocht. Scheinbar wusste er nicht einmal, dass er einen Sohn hatte."

„So etwas scheint öfter vorzukommen." D.J. wandte seine Aufmerksamkeit wieder dem Brief vor sich zu. Plötzlich wurden seine Augen so groß wie ein Vollmond im Herbst.

„Was ist?"

Seine Hand fiel auf den Tisch. „Das ist die Geburtsurkunde."

„Gut. Zumindest wissen wir, wer die Mutter ist."

D.J. nickte. „Und wir wissen auch, wer der Vater ist."

Etwas in seiner Stimme verpasste ihr eine Gänsehaut. Sicherlich war D.J. nicht derjenige, der mit seltsamen Frauen feierte. Doch jetzt, wo sie darüber nachdachte. Keiner der Farraday-Männer hatte etwas mit Frauen aus der Gegend und sie müsste sehr naiv sein, wenn sie dachte, dass sie zölibatär lebten. Sie schluckte und wartete auf seine nächsten Worte.

„Becky." Er atmete tief ein. „Es ist Ethan."

KAPITEL ZWEI

Becky wurde so blass, dass D.J. fast von seinem Stuhl sprang, um ihr das Baby abzunehmen, doch anstatt den Halt zu verlieren, schien sie das Baby noch näher an ihre Brust zu ziehen.

Die Lippen fest zusammengepresst saugte Becky erst an ihrer Ober- und dann an ihrer Unterlippe, bevor sie die Worte formte: „Ich verstehe."

Die zwei einfachen Worte schnitten wie ein Skalpell durch D.J.. Das nächste Mal, wenn er seinen Überflieger von Bruder sah … „Willst du immer noch, dass ich dich als Pflegemutter eintrage?"

Ohne auch nur eine Sekunde lang darüber nachzudenken, nickte Becky. Klug, süß, freundlich, führsorglich, verantwortungsvoll und bereit, das Baby aufzunehmen, das der Mann, dem sie seit der ersten Klasse wie ein treuer Welpe hinterherlief, mit einer anderen Frau gemacht hatte. Großartig war das einzige Wort, das ihm dazu einfiel. Verdammt, sein Bruder war wirklich ein Idiot. Aber jetzt stand D.J. vor einem weiteren Dilemma – wenn es stimmte, was in dem Brief dieser Frau stand, dann war das nicht nur irgendein ausgesetztes Baby, es war eine Farraday. Farradays passten auf ihresgleichen auf. Um jeden Preis.

„Denkst du, Ethan wird jetzt nach Hause kommen?" Beckys Stimme war so leise und hoffnungsvoll, dass der Drang, seinen eigenen Bruder zu erwürgen erneut in ihm aufstieg, dass er drohte zu explodieren.

„Ich weiß es nicht." Und das tat er wirklich nicht. Aber bei einer Sache war er sich sicher – solange es keinen Beweis dafür gab, dass Farraday-Blut durch dieses kleine Wesen floss, konnte er weder Ethan noch jemand anderen seiner Familie darum bitten, ihre Welt auf den Kopf zu stellen. Aus einer verrückten Ironie des Schicksals heraus, war dieses Baby seine Aufgabe. Und doch, ob es ihm gefiel oder nicht, würde das Leben seiner Familie mit oder ohne Beweis die nächsten paar Wochen eine andere Richtung einschlagen.

„Hat die Mutter irgendetwas für das Baby dagelassen? Windeln, Muttermilchersatz? Du sagtest, sie war in einer Schachtel. Ich vermute mal, kein Autositz oder Tragekörbchen."

„Da waren eine Windeltasche mit zwei Fläschchen, ein Beutel mit Milchpulver und ein paar Windeln, aber mehr nicht."

„Ich denke, ich gehe einkaufen." Becky drehte sich um.

D.J. schüttelte den Kopf. „Vorerst gehen wir einkaufen. Gott weiß, wann der Staat anfängt, deine Auslagen zu erstatten. Wenn es stimmt, was die Mutter sagt und Brittany Ethans Baby ist, dann werde ich nicht zulassen, dass du die Rechnungen für meine Nichte bezahlst." Wow, klang das seltsam. Seine Nichte.

„Ich denke, das macht Sinn." Sie trat einen Schritt zurück und blickte auf das schlafende Baby, dann wieder zurück auf D.J. „Du hast sie deine Nichte genannt. Du denkst, es ist wahr."

„Ich denke gerade an gar nicht viel, außer daran, dass eine Menge Papierkram und viele Telefonate auf mich warten. Aber das alles kann bis morgen warten. Egal, wem das Baby gehört, es braucht mehr als nur einen Windelbeutel."

Becky nickte. „Sisters?"

Junge, dieser Vorschlag gefiel ihm kein Bisschen. Nicht dass sich die Gerüchte sowieso bald verbreiten würden, aber im Laden der Schwestern würden sie ins ganze County gesendet werden, bevor er auch nur Autositz sagen konnte. „Ich denke, wir haben keine andere Wahl." Er nahm sie am Ellbogen. „Komm. Ich fahre."

Im Eingangsbereich sah Becky sich suchend um. „Wo ist der Hund?"

Der Schock und die Überraschung darüber, ein ausgesetztes Baby gefunden zu haben, dass vielleicht seine Nichte sein könnte, hatte alle Sorgen um den streunenden Hund beiseite geschoben. Der Streuner, der jetzt verschwunden war. Erneut. D.J. blickte zur Eingangstür. Geschlossen. „Esther, hat jemand die Tür aufgemacht?" Die ältere Frau schüttelte den Kopf. „Nein."

„Wo ist dann der Hund?"

„Genau …" Esther verstummte, blinzelte, blickte sich um und zuckte dann mit den Achseln. „Vielleicht war die Tür nicht ganz zu?"

„Das muss es gewesen sein." Becky runzelte die Stirn.

In diesem Augenblick würde D.J. jede Antwort akzeptieren, die nicht noch mehr Gehirnzellen durchbrennen ließ. „Ja. Das muss es gewesen sein. Der Hund hat sich durch die Tür gezwängt und der Wind muss sie zugeschlagen haben."

Becky nickte zögerlich. „Ich hoffe, es geht ihm gut."

Gerade war D.J. sich ziemlich sicher, dass es dem Hund besser ging als allen anderen hier. Zumindest hatte er das Baby beschützt. Jetzt waren sie an der Reihe, die Zukunft des Kindes zu sichern.

Als sie die Main Street hinuntergingen, ruhte

Beckys Aufmerksamkeit weiter auf dem Baby in ihren Armen. „Wie alt ist sie?"

„Laut der Geburtsurkunde, zwei Monate."

„Das wäre also vor …"

„Vor elf Monaten." Er wollte sie nicht laut aussprechen lassen, was sie dachte. „Wenn mich meine Erinnerung nicht täuscht, hat Ethan zu der Zeit an irgendeinem Trainingsprogramm teilgenommen."

„Air Station Miramar", murmelte sie und kichert dann. „Top Gun."

„Nicht mehr. Die sind jetzt in Nevada."

„Ich weiß." Sie blickte auf. „Das ganze Bild passt nur zu gut zu Ethan. Selbst als wir klein waren, waren er und Connor die Mutigen. Die Draufgänger."

„Jeder mit seiner eigenen Leidenschaft. Für Connor waren es die Pferde, für Ethan das Fliegen." D.J. würde es nicht laut aussprechen, aber die Brüder hatten Ethan immer damit aufgezogen, dass er einer dieser Navy-Piloten werden würde, die mit ihrer weißen Ausgehuniform und den goldenen Flügeln jede Frau ins Bett bekommen konnten. Die Wahrheit war, dass der Junge die weiße Uniform und die Flügel dafür gar nicht brauchte.

„Er hatte seinen Pilotenschein, bevor er seinen Führerschein hatte", fügte Becky hinzu.

„Daran erinnerst du dich?" In der Sekunde, als die Worte aus seinem Mund waren, wünschte er sich, er könnte sie zurücknehmen. Natürlich erinnerte sie sich daran. Sie kannte vermutlich sogar Ethans Größe und Gewicht bei seiner Geburt. Er blickte zur Seite und sah ihr Lächeln verschwinden, als sie nickte. *Nur zu Declan James, streu noch mehr Salz in die Wunde. Toll gemacht, Penner.* D.J. stoppte vor dem Laden der Schwestern. Er sah von außen zwar wie eine Boutique aus, war aber eher der Gemischtwarenladen der Stadt.

„Sobald wir alles ausgesucht haben, laufe ich wieder

zum Revier und hole den Wagen.“

Ihr Lächeln kehrte zurück. „Klingt gut.“

„Kannst du noch? Soll ich sie nehmen?“

„Ne, sie wiegt kaum mehr als eine Tüte Zucker.“

Er musste zugeben, das Baby hatte schrecklich zerbrechlich gewirkt, als Esther es aus der Schachtel genommen hatte. Bevor er die Tür öffnete, fragte er sich, ob er höflich sein und ihr die Tür aufhalten sollte, oder ob er zuerst hineingehen sollte, um die erste Salve an neugierigen Fragen der Schwestern abzufangen. Er entschied sich, beides zu tun, trat ein und hielt ihr mit seinem langen Armen die Tür auf, sodass sie darunter hindurchgehen konnte.

„Na, was haben wir denn hier?“ Sister, eine der Besitzerinnen des Ladens, die keine Bedenken hatte, immer noch eine Beehive-Frisur aus den Fünfzigern zu tragen, eilte auf Becky und das Baby zu. „Das kleine Ding erkenne ich gar nicht.“

Erkennen? D.J. wusste nicht viel über Babys, aber er hatte genügend gesehen, um zu wissen, dass sie in diesem Alter alle fast gleich aussahen.

Becky lächelte und blickte über die jetzt nach vorne gebeugte und gurrende ältere Frau zu D.J..

„Sie ist ein Staatsmündel. Becky ist ihre Pflegemutter.“ Die Worte waren ausgesprochen, bevor sein Gehirn überhaupt verarbeiten konnte, was er gesagt hatte. Etwas an der süßen jungen Becky passte nicht ganz zu dem Wort Mutter. Da sie möglicherweise Ethans Baby in ihren Armen hielt, wirkte die Wortwahl etwas unbesonnen. Ganz zu schweigen davon, dass immer noch die Chance bestand, dass das Jugendamt das Kind bei einer anderen Familie unterbringen würde. Dieser Gedanke ließ seinen Magen verkrampfen. Er würde vielleicht ein paar Gefallen einfordern müssen, falls es dazu kam, denn dieses Kind würde seine Obhut nicht verlassen.

Als das Baby von einer Schwester zu nächsten weitergereicht wurde und wieder zurück, suchten Becky und D.J. alles Notwendige aus. Ein- oder zweimal bemerkte D.J., dass Becky ein wenig zu lang über ein rüschenbesetztes Outfit oder irgendein hübsches Accessoire nachdachte.

Während Becky das Baby wieder wiegte, versuchten die aufgedrehten Schwestern es mit lustigen Stimmen zu bespaßen. D.J. sah das als gute Gelegenheit, den Wagen zu holen. „Ich bin in ein paar Minuten mit Auto wieder da, damit wir unsere Ausbeute nach Hause schaffen können."

Die drei Frauen nickten, aber keine reagierte so, als hätte sie ihn wirklich gehört. Er konnte es ihnen nicht verübeln, so ein kleines Baby hatte etwas Hypnotisierendes an sich. Sogar für ihn. Verdammt. Das hier waren kein gesprengter Baumstumpf oder betrunkene Teenager. Wie zum Teufel sollte er dieses Schlamassel wieder in Ordnung bringen?

Dafür, dass sie ausgesetzt worden war, war die kleine Brittany ein unkompliziertes Baby. Die meiste Zeit schlief sie. Wenn sie doch einmal aufwachte, gab sie kaum ein Piepsen von sich, während Becky ihr die Windel wechselte. Das kleine Wesen schien überglücklich zu sein, die Schwestern studieren zu können, während sie es abwechselnd fütterten. Und da sie fast die ganze Flasche gelehrt hatte, war Brittany auch eine gute Esserin. Wieso würde eine Frau so ein süßes Ding aussetzten?

Als D.J. mit dem Streifenwagen zurückkehrte schnallte Becky das Baby in den neuen riesigen Kindersitz. Brittany öffnete kurz die Augen, als würde sie sich fragen, was Becky gerade mit ihr anstellte, und schlummerte sofort wieder ein.

„Brauchst du Hilfe?", fragte sie leise.

Mit dem Telefon am Ohr schüttelte er den Kopf und sprach weiter mit einem seiner Brüder, während er alles, was sie gekauft hatten, in den Kofferraum packte. Vom Beifahrersitz aus behielt Becky mit einem Auge das Baby und mit dem anderen D.J. im Blick. Ein paar Minuten ließ sie ihrer Fantasie freien Lauf. D.J.s dunkle Locken gegen hellere Haare tauschend, stellte sie sich vor, wie Ethan fröhlich mit seiner Familie einkaufte. Statt einer zertifizierten Pflegemutter, war sie die leibliche Mutter. Anstatt zu sehen, wie D.J. das Kind mit fragenden Augen betrachtete, stellte sie sich vor, wie Ethan es mit unvergleichbarer Liebe und Hingabe ansah. Derselbe Traum, den sie hatte, seit sie sechs Jahre alt war. Sie war gerade dabei, zum millionsten Mal ihr glückliches Zuhause zu planen, als D.J. die Fahrertür öffnete.

„Das war Brooks. Er treibt die anderen zusammen und wir berufen eine Notfallsitzung unter uns Brüdern ein. Ich will meinem Vater und Tante Eileen noch nichts erzählen. Nicht, bevor wir ein paar Dinge besprochen haben. Und Grace aus Dallas herzuholen macht keinen Sinn."

„Sie wird sauer sein." Becky kannte ihre beste Freundin zu gut. Grace schaffte es immer, Kelly und sie in irgendwelche Schwierigkeiten zu bringen. Und sie tendierte dazu, immer die Führung zu übernehmen. Ein Grund, warum das Jurastudium perfekt zu ihr passte, auch wenn sie immer behauptete, dass sie sich dafür entschieden hatte, weil es der schnellste Weg zu einem ausgezeichneten Einkommen war.

So wie D.J. sie anblickte, war sie sich nicht sicher, ob er die Entscheidung der Brüder überdachte, oder ob sie ihre Bluse heute Morgen verkehrtherum angezogen hatte. „Du hast dich immer für meine Schwester stark gemacht", sagte er schließlich. „Aber wir werden wohl ihren Zorn über uns ergehen lassen müssen, wenn sie zurückkommt."

„Du weißt, dass wir ständig telefonieren? Kelly ebenso? Sie wird von dem Baby erfahren."

D.J. zuckte zusammen. „Natürlich, du hast recht, aber ich will das heute nicht über Lautsprecher diskutieren. Lass uns herausfinden, wie der Stand der Dinge ist und dann holen wir Schwesterchen ins Boot."

Alles, was Becky tun konnte war nicken. Egal was bei dem Familientreffen herauskam, Grace konnte hunderte von Meilen entfernt in Dallas nichts ausrichten. „Meine Wohnung ist fast bereit für Besuch."

„Diesbezüglich." D.J. legte den Gang ein und parkte rückwärts aus. „Ich dachte –"

„Stopp." Sie unterbrach ihn und schüttelte den Kopf.

Er bog auf die Main Street und blickte in ihre Richtung.

„Sag es nicht."

D.J. zog fragend eine Augenbraue nach oben.

„Wir geben das Baby niemand anderem." Sie drehte sich zu D.J., lehnte sich gegen die Tür zurück und verschränkte die Arme. „Sag mir eines."

D.J. wandte seinen Blick zurück auf die Straße und nickte.

„Wenn das nicht Ethans Baby wäre –"

„Angebliches Baby", korrigierte D.J..

„Gut. Angebliches Baby. Würdest du versuchen, andere Pflegeeltern zu finden?" Sie beobachtete, wie D.J. die Lippen zusammenpresste und sich die Muskeln in seinem Kiefer anspannten, und erkannte den

Augenblick, in dem er seine Meinung änderte.

„Nein", war alles, was er sagte.

„Das dachte ich mir. Egal, was du oder irgendjemand anderes in dieser Stadt denken, ich bin perfekt in der Lage, für das Baby zu sorgen. Von wem auch immer es ist."

„Das war nie das Problem." D.J. erreichte die Abzweigung, an der er sich entscheiden musste, ob er zu sich oder zu ihr fahren würde. Nachdem er in den Rückspiegel gesehen hatte, stoppte er mitten auf der Straße und drehte sich zu ihr. „Die Leute reden."

„Erzähl mir etwas, das ich nicht weiß."

„Wenn du nicht willst, dass die Leute über deine Gefühle für Ethan reden –"

„Angebliche Gefühle", korrigierte sie ihn und war froh, dass dies ein Lächeln auf sein Gesicht zauberte. Sie wusste sehr gut, was sie für Ethan empfand, doch das bedeutete nicht, dass sie nicht die meiste Zeit ihres Lebens damit verbracht hatte, die Stadt vom Gegenteil zu überzeugen.

„Angeblichen Gefühle, dann ist es vielleicht das Beste, wenn wir eine andere Lösung finden. Wenn ich mit dem Bericht warte –"

„Hör auf." Becky hob die Hand. „Erstens, du bist ein angesehener und redlicher Mann, Declan James Farraday. Fang nicht an, wegen mir die Regeln zu brechen."

„Es ist –"

„Und zweitens", fuhr sie ihm ins Wort. „Denkst du nicht, dass die Leute auch reden werden, wenn du mich nicht für das Baby sorgen lässt? Du warst doch nicht so lange fort, dass du vergessen hast, dass in dieser Stadt alles einen jeden etwas angeht und sollte das nicht der Fall sein, sie eine Möglichkeit finden, es zu ihrer Angelegenheit zu machen. Verdammt, wenn sie es könnten, würde sie mich zur Mutter machen."

D.J. verschluckte sein Lächeln. „Ich vermute, dass es gut ist, dass du in letzter Zeit nicht zugenommen hast "

„Siehst du." Sie öffnete ihre Arme und runzelte die Stirn. „Fahr uns nach Hause."

KAPITEL DREI

Es hatte nur ein paar Minuten gedauert, bis alle informiert waren, dass sie sich in Beckys Wohnung anstatt in Brooks' und Tonis Haus treffen würden. Becky hatte rechte. Egal wie sie mit der Situation umgingen, Becky würde nicht vor dem Geschwätz der Leute sicher sein. Das erste, was er auslud, war die Reise-Krippe. „Wo soll die hin?"

„Ich denke, in mein Schlafzimmer." Becky stellte den Babykorb auf den Boden und ging voraus.

Bis etwa zu der Zeit als Adam und Meg geheiratet hatten, lebte Becky bei ihrer Großmutter Dorothy. Es hatte einige Wochen gedauert, bis sie sich nicht nur gegen ihre Großmutter, sondern auch den restlichen Tuckers-Bluff-Ladys-Verein durchgesetzt hatte und ihren Segen bekam, in ihre eigene Wohnung ziehen zu dürfen. Eines der schlagenden Argumente war gewesen, dass Adam angemerkt hatte, es wäre hilfreich, wenn eine vertrauenswürdige Person über der Tierklinik wohnen würde, da er zu Meg in ihr renoviertes viktorianisches Haus gezogen war. Natürlich hatte die günstige Miete ihrer Argumentation ebenfalls nicht geschadet.

Becky rannte voraus und schob einen alten Schaukelstuhl beiseite, um in der Ecke des Zimmer Platz zu machen. „Hier wäre gut. Ich hole ein Messer, um die Schachtel zu öffnen."

„Nicht nötig." D.J. zog ein Schweizer

Armeemesser aus seiner Tasche und schnitt die Verpackung auf. Dann verteilte er den Inhalt auf dem Boden. Becky ging vor ihm in die Hocke und holte das zusammengelegte Gestell aus dem Tragebeutel. Ihre Hose schmiegte sich eng um ihren hübschen Po und D.J. musste mental einen Gang herunterschalten.

„Das ist wirklich einfach." Sie warf die Tasche beiseite und erhob sich. Dann klappte sie die Krippe auf.

„Interessant." Obwohl die Schwestern ihm versichert hatten, dass diese Marke die unkomplizierteste auf dem Markt war, hatte D.J. angenommen, dass zumindest ein paar handwerkliche Fähigkeiten für den Zusammenbau nötig sein würden.

„Ganz einfach." Sie lächelte ihn an, beugte sich vor und drückte die Mitte hinunter, wobei sie ihm erneut ihren überraschend runden Po präsentierte.

Beckys OP-Kleidung, die sie normalerweise in der Arbeit trug, ließ keine Schlüsse auf ihre darunter versteckte Figur zu. Auch ihre normale Kleidung ging in Richtung weiter Sweatshirts über den für das Ranch-Land typischen Jeans. Mehr als einmal in all den Jahren hatte er Bruchstücke von Unterhaltungen zwischen seiner Schwester und ihren Freunden mitbekommen, bei denen Becky beklagte, dass sie die Figur eines heranwachsenden Jungens hatte. In diesem Augenblick würde D.J. auf die Bibel schwören, dass nichts an dieser Rückansicht einem Jungen ähnelte.

„Jetzt müssen wir nur noch", sagte Becky, während sie die Seiten einrastete, „sicherstellen, dass die Dinger hier fest sind."

„Lass mich." Dankbar, etwas mit seinen Händen tun zu können, machte sich D.J. daran, die Steckverbindungen zu fixieren. Selbst wenn Becky nicht ihr ganzes Leben lang in seinen Bruder verliebt gewesen wäre, wären die Gedanken, die ihm plötzlich durch den Kopf gingen, mehr als unangebracht gewesen. Becky war eine der besten Freundinnen seiner Schwester. Seiner kleinen Schwester.

„Großartig." Sie drehte sich um und schnappte sich ein weiteres Teil der Krippe, das noch in der Verpackung war. „Jetzt noch das hier anbringen."

„Okay." Er nickte und richtete seine Konzentration auf das Projekt vor ihm. „Jetzt ergibt das schon mehr Sinn."

Zusammen brachten sie ein weiteres Teil an, bauten Stützstreben ein und kleideten das ganze schließlich mit einer Polsterung aus, damit das Baby es bequem haben würde.

„Die Polsterung darf nicht zu weich sein." Becky trat lächelnd zurück und nickte zufrieden. „Fertig."

Sie streckte die Hand aus und D.J. packte sie instinktiv, um sie zu schütteln. Die weiche Hand fühlte sich fragil an, dass er sie fast wieder loslassen wollte. Als sie seine Hand einmal schüttelte und dann ihre zurückzog, verharrte er irgendwo zwischen Erleichterung und Bedauern über den Verlust.

„Okay." Sie rieb ihre Hände an ihren Seiten und blickte sich im Zimmer um. „Ich hole Brittany besser."

„Ja. Richtig." D.J. folgte ihr und blickte sich dabei in dem kleinen Zimmer um. Seine Augen fielen auf das große Bett in der Mitte mit dem geschmiedeten Messing Kopfteil. Ein großer Haufen Kissen war darin aufgetürmt. Seine Gedanken schossen an Orte, an denen sie nichts zu suchen hatten. Die beste Freundin seiner kleinen Schwester, rief er sich ins Gedächtnis. Sobald diese ganze Baby-Sache vorbei war, würde er sich einen Tag freinehmen und nach Butler Springs fahren. Denn er musste dringend etwas Dampf ablassen.

In der Mitte des Wohnzimmers beugte sich Becky vor, um Brittany aus dem Tragekorb zu nehmen.

Okay – eine Menge Dampf.

Auch wenn Becky nicht Teil der Familie war, so bestand doch jeder Farraday-Bruder darauf, dass sie blieb und an der Unterhaltung teilnahm.

„Also, was denkt ihr?" Adam hielt die Geburtsurkunde in den Händen. „Klingt das echt oder sucht sie nur ein Opfer, dem sie ihr Kind anhängen kann?"

„Keine Ahnung." D.J zog eine Schulter hoch. „Ich habe sie nicht gesehen."

„Das ist egal, man kann ein Buch nicht nach dem Umschlag beurteilen", warf Toni ein, während sie Brooks' Hand drückte. „Oder in diesem Fall, eine Mutter, wenn du sie gesehen hättest."

„Ich frage mich, warum wir überhaupt überlegen, was sie ist. Sie ist eine lausige Mutter." Meg lehnte sich an ihren Ehemann Adam. „Eine wirklich lausige Mutter."

„Ich bin nicht sicher, ob ich da zustimme." Brooks legte den Brief, den er las auf den Tisch vor sich. „Ich habe viele Frauen gesehen, die nicht für ihr eigenes Kind sorgen sollten, es nicht wollten, aber trotzdem getan hatten. Das Resultat war ziemlich übel. Wenn diese Frau, wer auch immer sie ist, das Baby bei einer liebevollen Familie gelassen hat, könnte das vielleicht das lobenswerteste gewesen sein, was sie je getan hat."

Becky gefiel der Blick nicht, der Brooks' Gesicht heimgesucht hatte. Auch hier passierten guten Menschen schlimme Dinge. Aber sie war sich sicher, dass nichts davon den schrecklichen Dingen glich, die man in der Notaufnahme eines großen Krankenhauses zu sehen bekam. Und sie nahm an, dass all diese Dinge gerade vor Brooks innerem Auge aufgetaucht waren.

„Was müssen wir tun, um die Wahrheit herauszufinden?", fragte Connor. Anstatt Tante Eileen zu bitten auf Stacy aufzupassen, hatten er und Catherine sich entschieden, dass sie mit ihr zuhause bleiben würde. So wie er seine Brüder und ihre Frauen gerade ansah, hatte Becky das Gefühl, dass er sie gerade gerne an seiner Seite hätte. Komisch, wie schnell sich ein Mann ändern konnte, wenn er die richtige Frau traf.

Finn, der jüngste Bruder, der mit Connor in die Stadt gefahren war, hatte während der ganzen Zeit kein Wort gesagt. Er hatte den Brief und die Geburtsurkunde gelesen und sie dann an den nächsten der Brüder weitergegeben. Er hatte sich alle Kommentare und Fragen angehört, aber keinen Ton von sich gegeben, der hätte verraten können, was er dachte.

Die Szene vor ihr brachte Becky fast zum Lachen. Alle Brüder waren zwischen einem Meter achtzig und einem Meter neunzig groß und imposante Gestalten. Die starken Farraday-Gene waren tief in ihnen verwurzelt. Man konnte nicht abstreiten, dass diese Männer verwandt waren. Und obwohl Adam der älteste und Finn der Jüngste war, schienen Finns Worte immer der entscheidende Faktor zu sein. Sie war sich sicher, dass es auch dieses Mal nicht anders sein würde.

„Wenn wir das County den Vaterschaftstest machen lassen", sagte D.J., „kann es bis zu sechs Wochen dauern. Vielleicht sogar noch länger."

Adam zuckte zusammen, Brooks nickte, Connor schüttelte den Kopf und Finn nahm die Information einfach auf.

„Wir könnten es privat machen lassen", fügte Brooks hinzu.

D.J. nickte. „Könnten wir. Aber anders als im Fernsehen, sind die DNS-Resultate nicht am nächsten Morgen da. Selbst wenn wir es von einem privaten

Labor machen lassen, wird es Tage dauern, falls sie überhaupt freie Kapazitäten haben."

„Das stimmt." Brooks seufzte. „Aber selbst wenn es eine Woche dauert ist das immer noch besser als Monate zu warten."

Finn blickte zu seinem Bruder, dem Polizeichef. „Hast du schon versucht, Ethan zu erreichen?"

Die vier anderen Brüder drehten sich zu ihm. Offensichtlich war keiner von ihnen auf diesen Gedanken gekommen, wenn man nach ihren leeren Gesichtsausdrücken urteilte. Mit einem Nicken zog Finn sein Handy heraus, entsperrte es, fuhr mit dem Finger darüber und steckte es wieder in die Tasche.

„Bei der Hochzeit sagte er, dass er demnächst schlecht zu erreichen sein wird." Brooks blickte Finn an.

„Ich erinnere mich", sagte Finn mit seiner üblichen ruhigen Stimme. „Aber trotzdem, die Person, die uns am ehesten sagen kann, ob Ethan vor elf Monaten etwas mit einer Frau gehabt hat, ist Ethan."

Alle nickten.

„Es ist vermutlich sehr früh, wo auch immer er ist", wandte Meg ein.

Adam zuckte mit den Achseln und lächelte. „Es ist nicht so, dass man beim Marine Corps ausschlafen kann."

Meg kicherte. „Nein, vermutlich nicht."

„Definitiv nicht", warfen die beiden Ex-Marines, Connor und D.J., im Einklang ein.

„Womit wir wieder am Anfang wären." D.J. lehnte sich vor und legte seine Unterarme auf seine Knie. „Die Gesetze müssen befolgt werden.. Ich muss das ausgesetzte Baby melden und die einzige Möglichkeit, die Situation weiter kontrollieren zu können, ist es, Brittany einer zertifizierten Pflegemutter hier in der Stadt zur Notfallfürsorge zu übergeben."

Becky hob die Hand und wackelte mit den Fingern. „Das wäre ich."

„Wirklich?", fragte Meg und bedeckte dann schnell ihren Mund mit der Hand. „Sorry, das –"

„Mach dir keinen Kopf", fiel Becky ihr ins Wort. Einer der Nachteile, immer noch wie ein Teenager auszusehen war, dass manche Leute schwer glauben konnten, dass man die Arbeit eines Erwachsenen erledigen konnte. Sie sagte sich immer, dass der Vorteil in etwa dreißig Jahren kommen würde, wenn sie dann halb so alt aussah, wie sie war. „Mit vierzig zahle ich es dir heim."

Meg kicherte, ein paar andere lächelten und D.J. nahm die Unterhaltung wieder auf. „Becky hat zwar ihre Wohnung gewechselt seit sie zertifiziert wurde, aber da sie hier ebenfalls bereit ist, im Notfall ein Kind aufzunehmen, wofür wir gesorgt haben, sollte das kein Problem sein. Aber ich finde es blöd, dass wir ihr oder irgendjemandem etwas auferlegen müssen, was eigentlich Sache der Farradays ist."

„Falls es eine Sache der Farradays ist", warf Adam ein.

„Genau", fuhr D.J. fort, „und das ist unser Dilemma."

„Können wir das Kind nicht einfach mit zur Ranch nehmen und dem County sagen, dass es bei Becky ist?", fragte Toni. „Falls du das Baby lieber auf der Ranch haben willst."

„Ich weiß nicht, ob ich das will." D.J. lehnte sich vor und seine Brüder taten es ihm wie einstudiert gleich. „Ich denke, dass ich es nicht einmal Dad und Tante Eileen erzählen will, solange wir uns nicht sicher sind."

„Sie wird uns die Haut abziehen, wenn wir es vor ihr geheim halten." Connor lehnte sich wieder in seinen Stuhl zurück. „Zweimal."

D.J. nickte. „Das stimmt, aber wollen wir wirklich, dass sie einen riesen Wirbel um ein neues Baby macht und es dann wieder abgeben muss?"

„Also denkst du, diese Frau lügt?" Adem lehnte sich nun zurück.

„Das ist nicht der springende Punkt." Brooks seufzte. „Tante Eileen wird sich auch den Kopf darüber zerbrechen, wie viele Farraday-Enkel Ethan noch in die Welt gesetzt hat, von denen wir nichts wissen, bis sie ganz verrückt vor Sorge ist."

„Genau", sagte D.J.. „Außerdem können wir es nicht riskieren, dass das Jugendamt einen Überraschungsbesuch macht und herausfindet, dass das Baby nicht bei Becky ist."

„Was können wir tun?", fragte Connor.

Finn lehnte sich vor. „Das ist egal. Wir nehmen den legalen Weg. Becky behält das Baby." Er neigte sein Kinn in ihre Richtung. „Danke dir."

Sie lächelte ihn an. So ein netter Kerl.

„Aber wir müssen ebenfalls Vorbereitungen treffen", fuhr Finn fort. „Babys brauchen viel Aufmerksamkeit und Fürsorge und Becky hat einen Vollzeit-Job. Einer, bei dem sie in der Nacht ein wenig Schlaf bekommen sollte."

Weil sie so verliebt in das Baby war, Ethans Baby, hatte sie nicht daran gedacht, wie viel mehr Aufwand es sein würde, für ein Kleinkind zu sorgen, als für ihren entfernten Cousin. „Ich denke, ich könnte eine Zeit wieder zurück zu Oma ziehen." Auch wenn sie das nicht wirklich wollte, musste sie praktisch denken.

„Wir werden dich nicht aus deinem Heim jagen." Adam war der erste, der den Kopf schüttelte, dann blickte er zu Meg und zuckte mit den Achseln. „Hast du etwas dagegen, wenn sich einer von uns auf deinem Sofa einquartiert?"

„Nun", sie blickte auf ihre alte Couch. Auch wenn

sie bequem genug für sie war, konnte sie sich nicht vorstellen, dass Adam oder Brooks riesige Körper darauf genügen Platz hätten. Aber andererseits wusste sie, dass es einfacher wäre, sich in der Nacht abzuwechseln, damit jeder etwas Schlaf bekam. „Ich denke, das ginge in Ordnung."

Brooks und Toni führte eine schweigende Unterhaltung und Becky fühlte sich, als würde sie darauf warten, wer den kürzeren Strohhalm zog. Wer würde sein Leben umkrempeln, um ihr mit dem Baby zu helfen. Ein großer Teil von ihr wollte sagen, dass sie sich keine Gedanken machen mussten, dass sie es schon schaffen würde. Doch die Wahrheit war, dass sie keine Ahnung hatte, wie sie als alleinerziehende Mutter bestehen würde.

„Ich bin zufällig ganz dick mit Beckys Boss." Meg lächelte. „Netter Kerl. Ich denke, dass ich ruhig behaupten darf, dass das Baby tagsüber in der Klinik sein darf. Das würde es allen einfach machen, einzuspringen. Ich muss, sobald das Frühstück vorbei ist, nicht unbedingt im Bed-and-Breakfast sein."

„Natürlich musst du das", meldete sich Toni zu Wort. „Du willst nicht, dass die Gäste herumlaufen, wenn kein Hauseigentümer da ist."

Meg schüttelte den Kopf. „Ich habe aktuell nur dieses eine Paar und das ist die ganze Zeit auf Antiquitätensuche."

„Ich denke, der springende Punkt ist, dass wir alle bereit sind zu helfen", warf Finn ein. „Aber ehrlich gesagt, wenn das nicht schnell gelöst wird, wird es schwierig für mich, die Ranch zu verlassen, ohne dass Tante Eileen und Dad viele Fragen stellen."

„Dito", sagte Connor.

„Meg hat recht." Adam zwinkerte seiner Frau zu. „Das Baby darfst du gerne mit in die Arbeit nehmen. Das ist kein Problem und wir können dir morgens helfen, wenn du etwas mehr Schlaf brauchst. Aber dass Connor und Finn hier schlafen wird wohl nicht möglich sein."

Becky nickte. Das Ganze fing an, etwas komplizierter zu werden, als sie zuerst gedacht hatte. Der Einzige, von dem sie noch nichts gehört hatte, war D.J.. Er saß ziemlich ruhig da. Sein Blick wanderte zur Schlafzimmertür, hinter der das Baby schlief und die Stille wurde von einigen leisen Geräuschen unterbrochen, die signalisierten, dass Brittany bald aufwachen würde. Er blickte zu Becky. „Ich war erst sechs, als Grace zur Welt kam, aber ich erinnere mich noch daran, Tante Eileen oft spätnachts im Flur gesehen zu haben. Und dass sie tagsüber völlig erschöpft war."

„Dad hatte eine schwere Zeit, er war die ersten Monate keine große Hilfe", sagte Adam.

D.J.s Blick wanderte wieder zu dem Zimmer, wo die leisen Schreie langsam lauter wurden. „Sie wird alle paar Stunden aufwachen, nicht wahr?"

„So ist das von der Natur geplant. Füttern, Windeln wechseln und wieder schlafen." Becky bewegte sich etwas näher zur Tür, um das kleine Ding wieder in die Arme zu schließen und zu wiegen. Doch sie wusste, je länger Brittany zwischen dem Füttern schlief, umso besser war es für alle.

„Du wirst viel Hilfe brauchen, wenn sie anfängt, um zwei Uhr morgens zu schreien", merkte D.J. an.

„Vielleicht schläft sie durch." Und Schweine könne fliegen.

„Nein." D.J. schüttelte den Kopf und stand auf. „Bis die Vaterschaft endgültig geklärt und das Jugendamt zufriedengestellt ist, sieht es so aus, als hättest du einen neuen Mitbewohner."

KAPITEL VIER

Wo zum Teufel war D.J. da hineingeraten? Für eine kurze Zeit war die Familie völlig abgelenkt und reichte das jetzt hellwache und sehr hungrige Baby herum. Meg war sich sicher, dass das Mädchen das starke Farraday-Kinn hatte. Toni stimmte zu und sagte, dass die blauen Augen sehr denen der Brüder ähnelten, was jeden von ihnen, verheiratet oder nicht, etwas unruhig werden ließ.

Während alle so taten, als wäre es keine große Sache und nichts Ungewöhnliches, ein Baby um sich zu haben, nutzte D.J. die Gelegenheit, um in seine Bude zu fahren und sich Wechselkleidung und alles Notwendige zum Übernachten zu holen. So sehr Becky die Hilfe in der Nacht auch schätzen würde, war er nicht der Meinung, dass sie es gut finden würde, wenn er mit Boxershorts herumlaufen würde. Nachdem er alles in einer kleinen Tasche verstaut hatte, rief er noch kurz seinen ältesten Bruder an.

„Was?"

„Nette Begrüßung."

„Bereite mir keinen Kummer. Wenn es schlechte Nachrichten sind, raus damit."

„Nein. Ich wollte nur nachfragen, wer noch bei Becky ist und ob ich kurz Zeit habe, auf dem Revier vorbeizufahren."

„Oh ja, alle sind noch da." Adams Stimme verlor den schroffen Ton, mit dem er ans Telefon gegangen war und ein Hauch von Freude war zu erkennen. „Es wurde entschieden, dass Brooks dringend Babytraining nötig hat. Er versucht es gerade mit der zweiten Windel."

„Warum zweite?"

„Frag nicht." Adam lachte herzlich.

„Okay. Ich brauche nur kurz, dann bin ich wieder bei euch."

„Lass dir Zeit. Niemand scheint es eilig zu haben."

D.J. legte auf und sah das als gutes Zeichen. Becky hatte gerade all die Hilfe, die sie brauchte. Sobald er wieder zu ihr kam, würde er mit dem Babytraining anfangen müssen. Was er über Babys wusste, begann und endete mit der kurzen Notbetreuung auf dem Revier. Aber andererseits, wie schwierig konnte es schon sein, eine Windel zu wechseln?

Er fuhr auf seinen Parkplatz vor dem Revier und blickte die Straße hinauf und hinab. Eine angenehm ruhige Nacht. Typisch für diese Stadt. In den meisten Nächten gab es keinen einzigen Anruf. Deshalb wurden die Anrufe nach Mitternacht immer auf das Handy des jeweiligen diensthabenden Officers umgeleitet. Heut fuhr Reed streife. Guter Mann. D.J. hatte Glück gehabt, dass ein so aufgeweckter Kerl in seine kleine Truppe gekommen war.

Wenn D.J. den stolzen Papa festnageln wollte, dann sollte er langsam damit anfangen. Hier draußen im Auto zu sitzen und die leeren Straßen zu beobachten würde ihm nicht dabei helfen, etwas Neues über Brittany herauszufinden. Drinnen brannte nur ein Licht. Die Kaffeemaschine war aus, aber noch warm. Reed musste vor Kurzem hier gewesen sein. D.J. setzte sich an seinen Schreibtisch und loggte sich in seinen Computer ein. Er ließ sich eine Liste mit privaten Laboren anzeigen, die DNS-Tests machten und ging sie durch. Nachdem er sich die Daten, Bewertungen und

Beschwerden angesehen hatte und am Ende der Liste angekommen war, wusste er immer noch nicht, wen er für einen schnellen und akkuraten Test wählen sollte.

Während er weitere Möglichkeiten suchte, zog er sein Handy heraus und wählte die Nummer, die die Antworten parat haben musste.

Der Anruf wurde beim zweiten Klingeln angenommen. „Kannst wohl nicht ohne mich leben?"

„Ja, genau. Sag Starla, sie soll Packen, ihr zieht nach Texas."

Luke „Brooklyn" Chapman lachte am anderen Ende. „Ich konnte sie nicht dazu bewegen, zu packen und nach Hawaii zu ziehen. Texas hat also keine Chance."

Dieses Mal lachte D.J.. „Da könntest du recht haben."

„Brooklyns Stimme wurde ernster. „Was ist los?"

„Ich muss eine Vaterschaft bestätigen – oder ausschließen. Schnell."

„Verstehe." Brooklyn hielt kurz inne. „Du?"

„Das wäre zu einfach. Ethan." Weiteres kurzes Schweigen. „Der letzte von uns, der noch beim Corps ist."

„Der Pilot." Brooklyn erinnerte sich. „Schwangere Mutter oder Baby?"

„Baby."

„Und die Mutter hat keine Probleme mit einem Vaterschaftstest?"

„Sie wird es nie erfahren. Hat das Baby an meiner Türschwelle ausgesetzt."

„Deiner?"

„Ich vermute, in den Nahen Osten zu fliegen war zu viel Aufwand." Aber wenn es wirklich Ethans Baby war, dann wäre D.J. dankbar, dass die Mutter sich die Zeit genommen hatte, es bis nach Texas zu fahren und nicht vor der nächsten Kirche ausgesetzt hatte. „Ich brauche ein zuverlässiges Labor, dass mir schnell DNS-Ergebnisse liefern kann. Das County wird ewig brauchen und ehrlichgesagt will ich so wenig wie möglich in der Datenbank haben, wenn es wirklich Ethans Baby ist."

„Das kann ich dir nicht verübeln. Was brauchst du von mir?"

„Hast du ein privates Labor an der Hand, dem du Druck machen kannst?"

„Sicher. Hast du Proben?"

„Das Baby wird kein Problem sein. Ethan, vielleicht. Aber ich werde auf der Ranch nachsehen. Vielleicht hat er einen Kamm oder eine Zahnbürste vergessen, als er für Adams Hochzeit hier war."

„Falls nicht gibt es noch das Militärarchiv."

D.J. verschluckte sein Grinsen. Wenn Brooklyn Zugriff aufs DNS-Archiv des Verteidigungsministeriums bekommen konnte, hatte der Kerl bessere Verbindungen, als D.J. gedacht hatte. „Ich lasse es dich wissen."

„Ich schicke dir Anweisungen, wohin die Proben müssen und kümmere mich um den Rest."

„Danke. Ich weiß es zu schätzen."

„Kein Problem. Und wenn du je genug hast von der Hitze in Texas, gibt es hier viele kühle Meeresbrisen, hübsche Mädchen und Bedarf an Männern mit deinem Grips."

„Gut zu wissen. Ich behalte es im Hinterkopf."

Brooklyn brach in schallendes Gelächter aus. „Mit anderen Worten, erwarte nicht zu viel. Wie sieht sie aus?"

„Wie bitte?"

„Ich weiß, wie verbunden du deiner Familie gegenüber bist, aber wenn ein Kerl Strände und Mädchen so schnell ausschlägt, dann hat das normalerweise nur einen Grund."

„Sorry, dass ich dich enttäuschen muss. Es gibt keine Frau in meinem Leben." Aber die Art, wie er Becky heute Abend wahrgenommen hatte, nicht als das zusätzliche Kind im Haus oder das verliebte Mädchen, das Ethan wie ein treues Hündchen hinterherlief, sondern als attraktive Frau, sagte D.J., dass er definitiv eine Frau in seinem Leben brauchte.

„Hmm, wenn du meinst."

Das Bild von Becky, als sie Brittany im Arm wiegte und D.J. fragte, ob Ethan jetzt nach Hause kommen würde tauchte vor seinem inneren Auge auf. Jeder Mann würde für die Liebe einer so klugen und schönen Frau wie Becky töten. Und Ethan hatte nicht einmal auch nur den Hauch eines Interesses an Becky gezeigt. Für ihn war sie nur eine weitere kleine Schwester gewesen. Wie war sein Bruder nur so ein Idiot geworden?

„Sie sollten wirklich überlegen, ein X auf beide Seiten zu machen, damit man weiß, wo man die Klebestreifen festmachen muss." Immer noch über die vielen Versuche, dem sich windenden Baby die Windel anzuziehen, legte Brooks seine Hand auf den Rücken seiner Frau und geleitete sie vorwärts. „Zumindest sitzt die letzte und sie schläft jetzt friedlich."

„Du hast das toll gemacht." Mit der Hand vor dem Mund versuchte Becky angestrengt, ihr Lachen zu verbergen. Sie hatte nie darüber nachgedacht, dass eine Windel zu wechseln, so eine Geduldsprobe sein konnte.

„Lügnerin", warf Toni lachend ein. „Ich muss ihn öfter zum Üben vorbeischicken oder Pampers-Aktien kaufen."

„Hey." Adam hob beide Arme in einem peinlichen

Achselzucken. „Es ist nicht unsere Schuld, dass uns Jungs nie jemand gebeten hat, zu babysitten. Da habt ihr Mädels die Nase vorn.“

„Willst du sagen, dass wir nur bei Babys besser sind?“ Meg, Adams Frau, starrte ihn erwartungsvoll an.

Kopfschüttelnd lächelte Adam seine Frau an. „Du, meine Liebste, bist in allem brillant.“

„Feigling.“ Meg lehnte sich vor und küsste ihn auf die Wange. „Aber ich liebe dich.“

Hinter dem Rücken seiner Frau zeigte Brooks seinem älteren Bruder ein Daumenhoch und Becky bekam sich nicht mehr ein. Zu sehen, wie die beiden Brüder von den begehrtesten Junggesellen der Stadt zu den hingebungsvollsten Ehemännern geworden waren, war … süß. Zu sehen, wie sie den ganzen Abend zurückruderten, um ihr Sexleben nicht zur gefährden, war pures Entertainment.

Der Klang von Schritten auf der Treppe drang in die Wohnung. Brooks, der bereits an der Tür stand, öffnete sie und ließ D.J. herein.

„Wir fragten uns schon, ob du vor dem nächsten Windelwechseln wieder hier sein würdest.“ Adam trat neben Brooks. „Wir wollten gerade gehen.“

„Finn und Connor schon weg?“ D.J. stellte seine Sporttasche neben der Tür auf den Boden.

„Ja“, sagte Adam. „Sie sind kurz nach dir gegangen. Ranch-Arbeiten nehmen auf Familienprobleme keine Rücksicht.“

„Das tun sie nicht.“ D.J. umarmte seine Schwägerinnen und gab seinen älteren Brüdern einen Klaps auf die Schultern. Nachdem er die Tür hinter den letzten Besuchern geschlossen hatte, hob er seine Tasche vom Boden auf. „Wo soll ich die hintun?“

Becky blickte sich in dem kleinen Apartment um. Während die anderen sich um die Windel und dem Aufwärmen von Brittanys Fläschchen gekümmert hatten, hatte sie sich ein paar Minuten genommen, um Platz für D.J. zu schaffen. „Fürs Erste stell sie einfach irgendwo hin. Ich habe ein paar Schübe für dich geleert, damit du nicht aus einem Koffer leben musst. Wenn das Baby aufwacht, verstauen wir alles."

D.J.s Augen weiteten sich leicht, bevor er nickte. „Ich will dir nicht zur Last fallen."

„Tust du nicht. Ich musste sowieso ein wenig ausmisten. Ich meine, wie viele T-Shirts braucht ein Mädchen schon?"

„Fangfrage?", entgegnete er mit einem Lächeln.

Becky schüttelte den Kopf. „Ich wusste nicht, wie viel Platz du im Bad brauchst. Es ist nicht sehr groß, aber –"

„Ein Platz für meine Zahnbürste wäre schön."

Sie ging voraus den Flur hinunter, machte am Wäscheschrank halt und nahm ein Handtuch heraus. Dann ging sie weiter ins Badezimmer und versuchte zu ignorieren, dass ihr ein starker, gesunder Mann folgte. Sie hatte noch nicht viel Besuch gehabt, seit sie eingezogen war, vor allem keinen Männerbesuch. Nur zu wissen, dass ein hünenhafter Farraday-Mann hinter ihr stand, ließ ihr geräumiges Apartment plötzlich klein wirken.

Von der Badezimmertür aus zeigte sie auf die linke Seite des Waschbeckens. „Wie ich sagte, ich wusste nicht, wie viel Platz du brauchst. Ich hoffe, das ist genug."

D.J. sah sich in dem kleinen Raum um und setzte dann ein breites Lächeln auf, das seine Augen in einem wunderschönen Mitternachtsblau funkeln ließen. „Du bist wirklich fantastisch. Danke."

Hitze schoss in ihre Wange. Nicht, dass sie vorher schon ähnliche Worte gehört hatte, doch wenn sie von ihrer Großmutter oder ihrem Boss kamen, klangen sie nicht ganz so … nett. Da sie plötzlich nicht mehr wusste, was sie sagen sollte, drehte sie sich um und zeigte ins Wohnzimmer. „Du hast vorhin nicht viel gegessen –"

„Du auch nicht."

Diese blauen Augen funkelten auf sie herab. Genau wie Ethan und Adam war D.J. mindestens dreißig Zentimeter größer als sie und hatte dieselben blauen Augen. Nur Brooks und Grace hatten das irische Grün geerbt. Doch irgendwie konnte sie sich nicht erinnern, dass Ethans Farbton ganz so … intensiv war. Wenn irgendjemand ihr gesagt hätte, dass D.J. mit diesen blauen Augen ihre Gedanken lesen konnte, hätte sie ihm geglaubt. „Da hatte ich keinen wirklichen Hunger."

„Wie sieht es jetzt aus?", fragte er.

Sie nickte. Als Brooks heute mit ein paar Pizzen seiner Frau eintraf und verkündete, dass ernste Familientreffen Futter für die Seele benötigten, war Becky nicht wirklich nach Essen zumute gewesen. Jetzt, wo alles etwas ruhiger geworden war, verlangte ihr Magen nach Nahrung. „Soll ich dir ein Stück Pizza aufwärmen?"

„Vielleicht zwei?" Sein Lächeln wurde breiter und Becky stolperte fast über ihre eigenen Füße.

„Wird gemacht."

Starke Finger schlossen sich um ihren Arm und die Augen, die gerade noch freudig gefunkelt hatten, wurden dunkler und blickten sie voller Sorge und … etwas, das sie nicht ganz identifizieren konnte, an. „Setz du dich. Ich wärme die Pizza auf."

„Ich kann –"

Er lockerte seinen Griff um ihren Arm und schüttelte den Kopf. „Du hast den ganzen Tag gearbeitet und den ganzen Abend auf ein Baby aufgepasst. Ich kann Pizza aufwärmen. Versprochen." Er machte einen kleinen Schritt zurück, aber bewegte sich nicht weiter, bis sie nickte und sich auf das Sofas setzte.

Ein kribbelndes Gefühl wanderte ihren Arm hinunter bis in ihre Fingerspitzen. Sie schüttelte die Hand aus und vermutete, dass sie es wahrscheinlich nicht gewohnt war, stundenlang ein Kind herumzutragen. „Findest du alles?" Die offene Küche erlaubte es ihr, sowohl D.J. als auch den Fernseher im Auge zu behalten, wobei sie den Fernseher aber nicht wirklich beachtete.

„Was muss ich schon finden?" Er griff nach einem Stapel Papierservietten und Papptellern. „Der Ofen ist nicht zu übersehen."

Sie kicherte über seinen Sinn für Humor, etwas, wozu sie nur selten Gelegenheit hatte.

„Hättest du gerne etwas zu trinken?"

Sie legte die Hände aufs Sofa und wollte sich gerade hochdrücken.

„Bleib sitzen. Was hättest du gerne?"

Sie lehnte sich wieder zurück. „Wasser reicht."

„Ein Glas Wasser, kommt sofort." Ein paar Sekunden später tauchte er vor ihr auf. Er hatte sich ein Geschirrtuch über den Arm geworfen und präsentierte ihr den Pappteller und den Plastikbecher mit der Finesse eines Oberkellners in einem schicken Restaurant.

„Danke." Sie nahm einen Bissen von der warmen Pizza und stöhnte vor Begeisterung. „Oh, wow."

„Ja." D.J. setzte sich auf einen Stuhl in der Nähe. „Jetzt wo Toni zu unserer Familie gehört, müssen wir definitiv mehr trainieren."

„Oh ja." Becky nahm einen weiteren leckeren Happen zu sich. „Sie wirken wirklich glücklich."

D.J. schluckte. „Es ist etwas erschreckend, sich nicht nur an eine, sondern zwei neue Schwestern zu gewöhnen, bald sogar drei."

„Ich finde es schön, dass ihr das alle macht."

„Was machen?"

„Ich habe bemerkt, dass du und die anderen Meg und Toni nicht als Schwägerinnen, sondern als Schwestern bezeichnet."

„Na ja, das sind sie." Er zuckte mit den Achseln und nahm einen weiteren Bissen. „Zumindest seit kurzem. Sie sind genauso Farradays, wie Mom es war."

„Ich wünschte, dass ich sie kennengelernt hätte."

Ernst ergriff Besitz von D.J.s Gesicht. „Manchmal frage ich mich, wie anders alles wäre, wäre sie nicht so früh von uns gegangen. Ich meine, wir hatten ein schönes Leben. Du weißt das."

„Ja, ich weiß", stimmte Becky zu.

„Tante Eileen war wundervoll, aber ich frage mich, wie es gewesen wäre, wenn Mom noch leben würde. Wären wir anders? Hätten wir andere Karrieren eingeschlagen, andere Entscheidungen getroffen?"

Becky dachte über seine Worte nach. „Ich wette es wäre nicht viel anders."

„Warum?" Er stellte seinen Teller vor sich ab.

„Nun, nimm das Baby. Sie wird in einer Kleinstadt mit einer riesigen Familie als moralische Unterstützung und jeder Menge altmodischer Werte erzogen werden. Wenn sie in einer Großstadt fern der Verwandtschaft und mit einer Leben-und-leben-lassen-Einstellung aufwachsen würde, würde sie ein ganz anderer Mensch werden."

„Was willst du damit sagen?"

„Ich denke nicht, dass eure Erziehung bei eurer Mutter wirklich anders gewesen wäre. Vielleicht hätte sie ein oder zwei Situationen ein wenig anders gehandhabt als eure Tante, aber ihr wärt immer noch auf einer Ranch mit Pflichten und Familie und Verantwortung aufgewachsen. Kinder entwickeln ihre Werte und ihren Charakter, wenn sie vier sind. Als eure

Mutter starb, warst du …“

„Sechs.“

„Da warst du schon auf einem guten Weg.“

D.J. nahm seinen Teller wieder auf. „Brooks hatte recht. Wir sollten dankbar sein, dass diese Frau Brittany hierher gebracht und nicht irgendwo anders ausgesetzt hat.“

„Da es von San Diego bis hierher kein Katzensprung ist, definitiv.“ Becky griff nach einem weiteren Stück Pizza. „Wolltest du schon immer Polizist werden?“

„Ich wollte Indianer werden.“ D.J. warf ihr ein verschlagenes Grinsen zu. „Aber die Bezahlung war nicht so toll.“

„Ha, ha. Cowboys und Indianer.“ Becky schüttelte den Kopf.

D.J. balancierte einen leeren Teller auf seinem Knie. „Spaß beiseite. Ich wollte nicht immer Polizist werden. Viele Jahre dachte ich, dass ich wie Dad Rancher werden würde. Als wir Teenager waren, war das Militär genauso eine Pflicht wie die Ranch. Danach ging alles seinen Lauf. Was ist mit dir? Nie geträumt, Prima Ballerina zu werden? Oder die erste weibliche Präsidentin?“

„Das ist absurd.“ Becky spuckte vor Lachen fast ihr Essen aus. „Ich, mit meinen zwei linken Füßen. Ich würde keine Woche auf einer Bühne überleben. Und das mit der ersten weiblichen Präsidentin, das ist Grace‘ Ding. Bei mir drehte sich schon immer alles um Tiere. Wenn ich noch ein herumstreuendes oder verletztes Tier nach Hause gebracht hätte, hätten mich meine Eltern wahrscheinlich an den Zirkus verkauft.“

„Tante Eileen sagte das auch ein oder zweimal über Adam.“

„Wir passen gut zusammen.“ Einen Augenblick lang dachte sie, sie hätte seine Augen aufblitzen und dann kleiner werden sehen, bevor mit einem Nicken ein Vorhang der Ruhe über sie herabfiel. Da sie nicht wusste, was sie mit der unerwarteten gedrückten Stimmung machen sollte, die scheinbar gerade über sie beide hereingebrochen war, erhob sie sich und griff nach seinem leeren Becher. „Lass mich –"

„Möchtest du –" Zwei Dumme, ein Gedanke. D.J. stand auf und griff zur selben Zeit nach seinem Becher, wie sie, sodass sich ihre Fingerspitzen am Glas berührten.

Beide lächelten und Becky war die erste, die das Glas losließ. „Dieses Mal hole ich das Trinken."

„Ich wusste nicht, dass wir uns abwechseln."

„Ich dachte, deshalb wärst du hier?"

D.J.s eine Augenbraue schoss höher hinauf als die andere und Becky entschied sich, dass dies definitiv die verführerischste Augenbraue war, dass sie je gesehen hatte. Sofort verdrängte sie kopfschüttelnd diesen Gedanken und wich zurück. Es war eine Sache an einem Mädelsabend über die Farraday-Gene zu schmachten, aber eine ganz andere, wenn einer dieser Farradays nur einen halben Meter von einem entfernt war und jede Berührung ein Kitzeln in den Fingern verursachte.

Leise Geräusche, die ankündigten, dass Brittany aufwachte, drangen aus dem Schlafzimmer und D.J. klammerte sich fester an seinen Pappteller. „Wie lange warten wir?"

„Noch ein wenig länger. Sie wälzt sich nur herum. Es ist besser, sie solange schlafen zu lassen, wie sie kann, damit sie schneller die ganze Nacht durchschläft."

D.J. stellte ihren Teller auf seinen und ging in die Küche. Das ausgelassene Geplauder war verstummt. Der entspannte Kerl hinter der Uniform, von dem sie gerade einen flüchtigen Blick erhascht hatte, war verschwunden und durch einen Mann mit zielgerichtetem Pflichtbewusstsein ersetzt worden. Den Mann, den sie in ihrem Erwachsenenleben kennengelernt hatte.

Mehrere Minuten vergingen, bevor Brittany lautere Geräusch von sich gab. „Jetzt?", fragte er.

„Ja", murmelte sie. „Bereit?"

D.J. stand bereit und zog die Schultern zurück. „Nein." Er schüttelte den Kopf und atmete tief ein. „Aber wann zum Teufel hat das schon mal einen Unterschied gemacht?"

KAPITEL FÜNF

Keine große Sache, sagte sich D.J.. Er könnte das schaffen. Er könnte ein paar Tage in einer engen Wohnung mit dem wunderschönen Mädchen, das in seinen Bruder verliebt war, bewältigen und ganz sicher könnte er auch mit einem kleinen Baby zurechtkommen. Auch wenn das ein ganz neues Problem darstellte. Brittany war so winzig. Aber aus einem fliegenden Helikopter zu springen oder mit einem aggressiven Verdächtigen zu ringen, wäre ihm gerade lieber, als sich um so ein zerbrechliches kleines Wesen zu kümmern. „Was, wenn ich ihr wehtue?"

Becky lächelte und ging an ihm vorbei in das Zimmer und zu der Krippe. „Sie ist stabiler, als du denkst. Lass mich schnell ihre Windel wechseln." Brittany quengelte lauter, als Becky ihr die feuchte Windel auszog und ihr geschickt eine neue anzog. Nachdem sie in einer schnellen Bewegung den Strampler über die winzigen, tretenden Füßchen des kleinen Kinds gezogen hatte, hob Becky das Mädchen an ihre Schulter. „Der Trick ist es, eine Hand unter ihrem Kopf zu lassen und sie dann gleich an dich zu kuscheln."

Nickend folgte D.J. Becky in die Küche. Die ganze Zeit wiegte sie Brittany und tätschelte ihr den Rücken. Das schien anfangs gut zu funktionieren, aber als sie dann in der Küche waren, schrie und wand sich das kleine Wesen wie ein verärgertes Kätzchen.

„Hier." Becky drehte sich um und hielt ihm das

Baby in einem schnellen Manöver hin. „Nimm sie, während ich ihr Fläschchen aufwärme.“

Während Becky sie in beiden Händen gehalten hatte, hatte er bereits Angst, dass er das winzige Ding bereits in einer von seinen zerquetschen würde. „Vielleicht sollte ich das Fläschchen warmmachen. Was muss ich machen?“

„Unsinn. Streck die Hände aus.“

Wie ein guter Marine, der gewohnt war, Befehle anzunehmen, tat er was ihm gesagt wurde. Er streckte die Hände mit den Handflächen nach oben aus und fragte sich dabei, warum er sich für diese Aufgabe gemeldet hatte. Das nächste, was er bemerkte, war, dass das leichte Baby ganz in seinen Händen ruhte.

„Siehst du. Das war doch nicht so schwer. Wiege sie ein wenig und halte sie an dich, wenn du willst. Ich wärme schnell die Flasche auf.“

Nicht sicher, wie er das Baby näher an sich bringen sollte, ohne es an seiner Schulter zu erdrücken, hielt D.J. die Hände weiterhin vor sich und wippte das kleine Mädchen darin auf und ab. Zusammengekniffene kleine Augen öffneten sich plötzlich weit und starrten zu ihm hinauf. Brittany wirkte genauso überrascht wie er, dass sie von ihm gehalten wurde. „Hey du“, flüsterte er die einzigen Worte, die ihm einfielen.

„Du machst das toll“, sagte Becky über ihre Schulter.

„Denkst du?“, fragte er, wobei er seine Aufmerksamkeit nie von dem winzigen Baby abwandte. „Du bist wirklich brav“, sagte er dem kleinen Mädchen.

„Sprich weiter. Du hast eine sehr beruhigende Stimme.“

„Wirklich?“ Sein Blick schoss gerade rechtzeitig zu Becky, um zu sehen, wie ihre Wangen feuerrot wurden.

„Ich meine für das Baby.“

„Oh.“ Natürlich. Es war dumm von ihm zu denken, dass er irgendeine Wirkung auf Becky hatte. Das Mädchen, nun vielleicht nicht Mädchen, war bis über beide Ohren in Ethan verliebt.

Becky kam mit der Flasche in der Hand an seine Seite. „Willst du sie füttern?“

Er schüttelte den Kopf etwas vehementer, als er hätte sollen. „Ich sehe dir lieber erst einmal zu.“

Ihre Schultern zuckten vor Lachen. „Okay. Aber es ist nicht schwer. Wirklich nicht.“ Becky nahm ihm das Baby ab und legte es in ihren Ellbogen. Dann stupste sie die Lippen des Kinds mit dem Sauger der Flasche an.

Brittanys winziges Mündchen schloss ich um die Gummispitze und Pauschbäckchen begannen sich zu bewegen, als sie hungrig ihr spätes Abendessen zu sich nahm.

„Es ist nicht so, dass ich noch nie gesehen habe, wie ein Muttertier ihr Neugeborenes säugt, oder dass ich noch nie ein Kalb mit der Flasche gefüttert hätte, aber das, das ist einfach unglaublich.“ Mehr als einmal in seinem Leben hatte er gesehen, wie ein Baby mit der Flasche gefüttert wurde, doch nie zuvor hatte er so aufmerksam aufgepasst.

„Ich weiß. Und es wird nie langweilig.“ Als Becky mit solcher Zärtlichkeit auf das kleine Baby hinabblickte, kamen D.J. zwei Dinge in den Sinn. Erstens, wie zum Teufel konnte die Mutter dieses süße Ding in einer verdammten Schachtel ohne weiteren Schutz als einen Streuner vor seiner Tür aussetzen? Und zweitens, warum zum Teufel musste das Herz dieser erstaunlichen Frau seinem Bruder gehören?

Der Anblick von Becky war so kostbar, so bezaubernd, so süß gewesen, dass sie viel länger für die Vorbereitung der Flasche gebraucht hatte, als eigentlich nötig war. Sie konnte sich immer noch nicht entscheiden, wer erstaunter war, D.J. wegen dem Baby oder das Baby wegen D.J.. Beide sahen wie hypnotisiert aus. Brittany mit ihrem zu einem perfekten Kreis geformten kleinen Mund und ihren kristallblauen Augen, die jeder von D.J.s Bewegungen folgten. Und D.J., dessen ganzer Körper gewippt und dessen Arme ihre kostbare Fracht sanft gewiegt hatten, während er mit leiser und beruhigender Stimme mit dem kleinen Kind gesprochen hatte. Es war unbeschreiblich, so einen harten Kerl wie ihn so liebevoll mit einem so kleinen Baby umgehen zu sehen. Sie hätte nicht erwartet, dass so viel Zärtlichkeit in einem Mann wie D.J. steckten. Man sah immer nur seine harte Schale, die wahrscheinlich wegen seiner Uniform und seines imposanten Auftretens nur noch härter wirkte. Welche Frau auch immer sich letztendlich diesen Farraday schnappte, würde eine sehr angenehme Überraschung erleben, sobald das Licht ausging.

Verdammt. Erst bemerkte sie sexy Augenbrauen und jetzt spielten ihre Gedanken eine heiße Nacht zwischen Erwachsenen durch. Guter Gott, sie musste sich wieder fangen. Und auf ein Date gehen. Ein echtes. Wenn Ethan nur nach Hause kommen und dann bleiben würde, vielleicht würde sie ihm dann endlich auffallen. Sie blickte auf das Baby in ihren Armen wettete, dass, wer auch immer Brittanys Mom war, vermutlich eine Sanduhr-Figur hatte. Schließlich hatte die Mutter keine Probleme gehabt, Ethans Aufmerksamkeit zu erregen.

„Bist du in Ordnung?" D.J. blickte sie stirnrunzelnd an.

„Ja. Alles gut."

„Du hast aufgehört zu lächeln."

„Ich habe gelächelt?"

Er nickte.

„Ich habe nur nachgedacht."

„Ja. Meine Mom nannte das, über die Unsterblichkeit der Krabbe nachdenken." Er lehnte sich gegen die Wand, verschränkte die Knöchel und strahlte den Charme der Farradays aus. „Ich hoffe immer noch, dass mein Handy endlich klingelt und Ethan auf eine meiner vielen Nachrichten antwortet, damit wir dieses ganze Durcheinander endlich aufklären können."

Becky nickte. Sie unterhielt sich nur selten mit Ethan. Nur genug, um in Kontakt zu bleiben, aber nicht genug, um in der Stadt Gerüchte zu schüren. Doch selbst sie wusste, dass er gerade offline war. Vor kurzem hatte Ethan seine Familie gewarnt, dass es etwas dauern könnte, bis er wieder Zugang zu guter Verbindung haben würde. Sie wusste, dass dies ein Code dafür war, dass er einen Job hatte, oder eine Mission, oder wie auch immer das Militär es nannte, wenn er einen Haufen entschlossener Männer in ein gefährliches Gebiet fliegen und, so Gott es wollte, gesund und munter wieder mit ihnen zurückkommen würde. Aber jetzt war nicht der richtige Zeitpunkt darüber nachzudenken. Nicht, dass es jemals ein guter Zeitpunkt war, über die Leute in Gefahr nachzudenken, die man liebte. Sie zog die Flasche von Brittany weg und lagerte sie an ein Handtuch, das sie sich auf ihrer Schulter gelegt hatte, um. Dann stand sie auf und klopfte dem Baby leicht auf den Rücken. „Willst du die nächste Runde probieren?"

„Nächste Runde?"

„Babys müssen ein Bäuerchen machen, damit sie

kein wehes Bäuchlein bekommen, dann füttert man sie weiter." Sie trat näher an ihn heran.

„Wehes Bäuchlein?" D.J. lächelte. „Ist das der offizielle medizinische Terminus?"

Becky erwiderte sein Lächeln. „Absolut." Ohne im Raum für Ausflüchte zu lassen, zog sie das Spucktuch unter dem Baby heraus, legte es über D.J.s Schulter und gab ihm das kleine Kind. „Versuch du es. Tu so, als wäre sie ein Football."

Mit verschränkten Armen versuchte Becky nicht über D.J.s verdutzen Blick zu lachen, als er realisierte, dass sie ihm das Baby gegeben hatte. Sie legte ihre Hände auf Brittanys Rücken und leitete D.J. an, bis sie bequem an seiner Schulter lag. Es dauert ein paar Sekunden, bis seine Anspannung nachließ und seine verkrampften Muskeln sich entspannten.

„Du musst ihr auf den Rücken klopfen, bis sie ein Bäuerchen macht", sagte Becky leise.

D.J. tippte den Rücken des Babys so sanft an, dass Becky nicht sicher war, ob er es überhaupt berührte.

„Sie zerbricht schon nicht. Du musst schon etwas fester klopfen", wies sie ihn an.

Sehr langsam erhöhte D.J. bei jedem Klopfen den Druck, bis das winzige Ding einen Rülpser losließ, der einem betrunkenen College-Studenten neidisch gemacht hätte. Das Einzige, das größer war als dieser Rülpser, war das Lächeln, das sich auf D.J.s Gesicht ausbreitete. „Vielleicht ist sie doch eine Farraday."

„Lass deine Tante nicht hören, dass du das gesagt hast. Laut ihr sind Farradays wohlerzogen."

„Das stimmt." Da D.J. sich nun etwas wohler mit dem Baby fühlte, ging er mit Brittany im Zimmer herum, während er ihr weiter den Rücken tätschelte. „Wenn du mir ein paar Laken bringst, werde ich meinen Schlafplatz herrichten."

„Apropos Schlafplatz." Becky gab ihm die Flasche

und wartete, bis er Brittany in seinen Ellbogen gelegt hatte, damit er sie mit dem Rest des Inhalts füttern konnte. Als sie eifrig an dem Fläschchen saugte und D.J. nicht mehr aussah, als könnte er aus Nervosität umkippen, fuhr sie fort: „Zusammengekauert auf meinem Sofa wirst du nicht einmal ansatzweise einen erholsamen Schlaf haben. Du nimmst das Schlafzimmer und ich schlafe hier draußen."

„Das wir nicht passieren", flüsterte er.

„Ich werde kein Auge schließen, wenn ich mir Sorgen machen muss, dass du deine ein Meter zweiundneunzig –"

„Fünfundneunzig."

„Okay, deine ein Meter fünfundneunzig auf eine ein Meter sechzig lange Couch quetscht. Ich hingegen habe da genügend Platz."

Er starrte das Baby an und schüttelte den Kopf. „Sie trinkt nicht mehr. Ich denke, sie schläft."

Becky kam näher und nahm ihm die fast leere Flasche ab und hielt sie hoch. „Sie hat einen gesunden Appetit." Bevor sie ihm sagen konnte, dass es wieder Zeit für ein Bäuerchen war, hatte D.J. Brittany bereits an seine Schulter gelegt und klopfte ihr auf den Rücken.

„Und jetzt?", fragte er.

„Du legst sie in die Krippe und hoffst, dass wir alle vor der nächsten Runde etwas Schlaf bekommen."

„Wo ist die Bettwäsche?", fragte er.

„Nimm das Bett."

„Kann ich nicht."

„Natürlich kannst du. Ich habe heute morgen erst die Bettwäsche gewechselt."

„Das meinte ich nicht." D.J. kicherte.

„Bitte." Becky deutete auf ihr Bett.

D.J. schüttelte den Kopf. „Glaub mir, wenn ich dir sage, dass ich schon an unbequemeren Orten als deinem Sofa tief und fest geschlafen habe."

Sie hatte vergessen, dass D.J. auch bei den Marines gedient hatte, und ihr gefiel das Bild nicht, dass dieser einfache Satz in ihrem Kopf entstehen ließ. Nur noch ein Grund, warum sie einen Weg finden musste, ihn dazu zu bewegen, ihr Zimmer zu nehmen. „Ich kann auch eine Decke zwischen den beiden Seiten aufhängen."

„Die Mauern von Jericho." D.J. lächelte. „Großartiger Film. Aber ich weiß nicht, wer zuerst mit einem Fleischerbeil auf mich zukommen würde, deine Großmutter oder meine Tante."

„Gegen schlafen können sie nichts sagen."

D.J.s Augenbrauen wanderten seine Stirn hinauf. „Reden wir von denselben Frauen?"

„Ja. Komm schon. Es ist nur ein Ort zum Schlafen."

D.J. legte Brittany vorsichtig in die Krippe. Kopfschüttelnd schlich er sich auf Zehenspitzen aus dem Zimmer, während er etwas fast unverständlich murmelte: „Berühmte letzte Worte."

KAPITEL SECHS

„ **W**as ist so überaus wichtig, dass du mich zwei Morgen in Folge aus dem Bett scheuchst?" Sally May Henderson zog neben dem Tisch im Silver Spurs Café ihren Windbreaker aus.

Eileen Callahan, die Tante der Farraday-Brüder, teilte bereits die Karten aus.

„Um Himmels Willen, darf ein Mädchen sich nicht einmal erst einen Kaffee bestellen?" Sally May setzte sich auf den letzten freien Platz und sammelte ihre Karten ein.

„Einsätze bitte", sagte Eileen, während sie ihre Chips feinsäuberlich neben sich stapelte.

„Ich weiß. Ich weiß." Sally May schnappte sich einen weißen Chip und warf ihn in die Mitte des Tisches. „Man könnte denken, wir spielen um echtes Geld."

Dorothy legte die Karten aus ihrer Hand und mit dem Bild nach unten auf den Tisch. Dann blickte sie zu Eileen. „Bin dabei. Zwei bitte." Sie sortierte schnell die neuen Karten in ihrer Hand, schob sie zusammen und legte sie auf den Tisch, während sie wartete, dass die Einsätze die Runde machten und wieder zu ihr kamen. „Ich gehe mit und erhöhe nochmal um fünf."

„Ich bin raus." Ruth Ann warf ihre Karten ab.

„Ich auch", sagte Sally May.

Eileen beäugte ihre Freundin aufmerksam, fächerte

ihre Karten auf und schob sie wieder zusammen. Dann warf sie ein paar Chips in den Pot, lehnte sich vor und blickte Dorothy an. „Es ist nie im Leben, was du denkst."

Sally May blickte zwischen den langjährigen Freundinnen hin und her. Das war neu. Jahrelang war es bei der Pokerrunde am Samstagmorgen und gelegentlich unter der Woche ein entspanntes Beisammensein von Freundinnen, die sich neben liebgemeinten Sticheleien über den neuesten Klatsch der Stadt unterhielten. Selbst als Adam bei Tagesanbruch mit einer wunderschönen Fremden in die Stadt gekommen war, war niemand so aufgebracht. Dieses kleine Tête-à-Tête wirkte etwas zu ernst.

Ruth Ann lehnte sich vor und wandte ihre Aufmerksamkeit Dorothy und Eileen zu. „Weiht uns eine von euch beiden ein, was zum Teufel hier los ist?"

Dorothy legte ihre Karten offen auf den Tisch – eine Straße bis zum Ass – und verschränkte die Arme. „Vielleicht sollten wir fragen, wessen Auto heut in aller Herrgottsfrüh vor der Tierklinik gestanden war."

„Er ist Polizist." Eileen starrte ihre Freundin an. „D.J. könnte aus einer Million Gründen dort geparkt haben."

Ruth Anns Augen wurden weit und Sally May war sich ziemlich sicher, dass ihre vor Überraschung fast aus ihrem Kopf fielen. „D.J. hat die Nacht mit Becky verbracht?"

Wie Synchronschwimmerinnen rissen Dorothy und Eileen ihre Köpfe zu Ruth Ann und blickten sie an. Doch nur eine Stimme verkündete „Nein" während die andere auf „Ja" beharrte.

Sally May schüttelte den Kopf. Wollt ihr mir sagen, dass ihr mich aus meinem friedlichen Schlaf gerissen habt und ich in aller Herrgottsfrüh in die Stadt fahren musste, weil zwei Bürger unserer Stadt ein

Techtelmechtel hatten?"

Dieses Mal drehten sich Dorothys und Eileens Köpfe zu Sally May. Nun wusste sie, woher der Ausdruck *Wenn Blicke töten könnten* kam.

„Okay." Ruth Ann hob ihre Hände. „Ignorieren wir die Tatsache, dass zwei junge heißblütige Erwachsene jedes Recht haben, ähm … sich näher zu kommen, wenn sie es möchten", Ruth Ann atmete tief ein, „und nehmen wir einen Augenblick lang an, dass es nicht ist, was wir alle denken."

„Danke", sagte Eileen und deckte ihre Karten auf. Full House – Damen und Asse. „Ich denke, das schlägt deine Straße."

„Das Spiel ist gerade unwichtig." Dorothy schob die Karten beiseite.

„Ja", stimmte Eileen zu, „aber es muss einen guten Grund geben, warum D.J. die Nacht bei Becky verbracht hat."

„Woher wissen wir, dass er die Nacht dort verbracht hat?", wagte Sally May zu fragen. „Ihr habt nur gesagt, dass er bei Tagesanbruch dort war. Könnte es sein, dass er vielleicht nur ein verletztes Tier vorbeigebracht hat? Ein Haustier das angefahren wurde oder so etwas?"

Eileen schüttelte den Kopf. „Ich habe heute Früh für Finn eine Bestellung im Eisenwarenladen aufgegeben. Burt hat keine Zeit verschwendet und mir gesagt, wie schön es doch ist, dass einer meiner Jungs erkannt hat, was für ein toller Fang Becky ist. Ich sagte ihm, dass wir das alle schon jahrelang sagen –"

„Genau", warf Dorothy ein.

„Dann fügte er hinzu, dass er nicht gedacht hätte, dass es D.J. sein würde. Dann erzählte er mir, dass er gestern Abend gesehen hat, wie D.J. nach Einbruch der Nacht die Treppe zu ihrer Wohnung hinaufgegangen ist, und dass er bemerkt hat, dass der Streifenwagen heute früh noch vor der Tür stand."

„Okay. Aber bedeutete das –", fing Sally May an.

„Nein, tut es nicht", richtete Eileen an Dorothy. „Außerdem weiß jeder, dass Becky nur Augen für Ethan hat. Es muss also eine andere Erklärung geben."

„Ja, gibt es." Dorothy Mund stand offen, bereit Gift und Galle zu spucken, als sie sich unerwartete zurücklehnte, die Schultern hängen ließ und tief ausatmete. „Du hast recht. Meine Becky ist nicht dumm und D.J. ist so anständig wie sonst keiner. Ich denke, ich habe nur Angst, was mit meinem Baby los sein könnte, wenn sie die ganze Nacht Polizeischutz braucht."

Sally May sammelte die restlichen Karten zusammen und fing an zu mischen. „Nun, zumindest wissen wir, dass sie nicht am Altar verlassen wurde oder von einem fast Ex-Ehemann bedroht wird."

„Genau." Ruth Ann hob die Karten ab. „Das können wir ausschließen."

„Habt ihr D.J. einfach gefragt, was los ist?" Sally May teilte eine neue Runde Karten aus.

„Nein." Eileen hob ihre erste Karte auf. „Ich mische mich nicht gerne in die Privatangelegenheiten meiner Jungs ein."

Lange und wild blinzelnd, damit sie nicht die Augen verdrehen und ihrer Freundin ins Gesicht lachen würde, wandte Sally May sich schnell an Dorothy. „Hast du Becky gefragt?"

Die besorgte Großmutter zuckte mit einer Schulter und schüttelte den Kopf. „Nein, aber deshalb haben wir Meg und Toni eingeladen, auch zu kommen."

Sally May blickte zu Ruth Ann und beide verdrehten die Augen und zuckten mit den Achseln. Warum direkt zur Quelle gehen, wenn man noch alle Verwandten hinzuziehen kann. Aber eines musste sie ihrer Freundin lassen: Wenn man zum Kern der Sache vordringen wollte, gab es niemanden, der mehr tratschte als die angeheiratete Verwandtschaft. „Kommen sie?“

Dorothy zuckte mit den Achseln. „Erst mittags. Toni bäckt und Meg hat Gäste.“

„Was der Grund ist“, Eileen schob ihre Karten zusammen, lehnte sich über den Tisch und senkte die Stimme, „warum wir so früh hier sind.“ Die Frau blickte sich im Café um und fuhr lächelnd fort: „Esther hatte die letzten beiden Tage Schicht.“

Ein kollektives „Ahh“ ertönte. Zustimmend nickend lächelte Dorothy ihre Freundin an. „Und heute ebenfalls.“

Eileen nickte und lehnte sich zurück. „Ja.“ Nachdem sie ihre Karten wieder aufgefächert hatte, blickte sie hinüber zu Dorothy. „Sie sollte jede Minute –“ Die altmodische Klingel über der Tür bimmelte und Eileens Lächeln wurde breiter. „– hier sein.“

Scheinbar hatten Dorothys und Eileens doppelt vorgesorgt. Esthers Morgenroutine, wenn sie für ihre Kaffeepause ins Café kam, bestand aus einem großen Kaffee und einem Stück von Franks Kuchen des Tages. Hin und wieder nahm sie auch ein paar von Tonis Törtchen, doch meistens blieb sie bei Kuchen. Und wenn ein Kartenspiel lief, zog sie sich immer einen Stuhl heran und setzte sich zum Ladys-Verein. Deswegen spontan ein zweites Spiel in dieser Woche.

Dieser Morgen war nicht anders. Esther nahm ihre Sonnenbrille ab und blickte sich im Café um. Ihr Blick landete auf dem Tisch der kartenspielenden Frauen und sie lächelte, während sie zu ihnen hinüberging. „Habt ihr Ladys nicht erst gestern Karten gespielt?“

Ruth Ann warf einen verstohlenen Blick in Eileens Richtung, aber die Frau war versiert in Ausflüchten. Ohne Zweifel hatte sie eine brillante Ausrede parat. Sie wäre vermutlich eine fantastische Spionin geworden.

„Morgen, Esther." Eileen winkte. „Es schien ein schöner Morgen, um sich mit Freunden zu treffen.

Sally May blinzelte. Das war alles, was Eileen einfiel?

„Jeder Tag ist ein guter Tag, um ihn mit Freunden zu verbringen." Esther war mittleren Alters, plus minus ein Jahrzehnt, schlank und trug ihre Haare immer in einem festen Dutt. Man könnte sagen, sie sah aus wie eine Mischung aus Prima Ballerina und Gefängniswärterin. Als Ruth Ann gerade eine Karte abwerfen wollte, beugte sich Esther über ihre Schulter und schüttelte den Kopf.

„Du solltest uns an deinem freien Tag Gesellschaft leisten", schlug Dorothy vor und legte eine Karte auf den Tisch. „Kein Geld, kein Glückspiel, kein Gesetzesverstoß."

„Ich weiß." Die Polizistin nickte Ruth Anns zweite Wahl ab, lehnte sich zurück, damit Abbie sie sehen und ihr ihre Bestellung vorbeibringen konnte. „Es sieht einfach nicht richtig aus, wenn eine Polizistin in ihrer Freizeit an einem Pokertisch sitzt."

Ohne die Köpfe zu bewegen blickten die Damen vom Ladys-Verein einander an. Keine von ihnen verstand, wieso es weniger problematisch sein sollte, in voller Uniform – wenn auch nur zum Zuschauen – an einem Pokertisch zu sitzen, als an einem Samstag in zivil eine Runde zu spielen.

Dorothy teile neue Karten aus. Sally May nahm an, dass die meisten von ihnen gerade nicht aus dem Spiel ausstiegen, weil sie gute Karten hatten, sondern weil sie beschäftigt wirken wollten.

„Ich habe gehört, es ist viel los auf dem Revier." Eileen nahm ihre Karte auf, ohne Esther anzusehen, weil sie wusste, dass dies die einzigen Worte waren, die sie brauchte, um einen Informationsfluss auszulösen.

„Ja." Esther nahm einen Schluck und machte keine Anstalten, noch mehr zu sagen.

Eileens Hand erstarrte fast, als sie gerade ihre Karten ordnete und blickte auf. Wenn Esther schwieg, ging etwas Wichtigeres vor sich, als nur der Vandalismus eines Teenagers, der seine Wut an ein paar Briefkästen ausließ.

„Ich habe von Burt Larson gehört, dass einer der Brady-Jungs einen gebrochenen Arm hat."

„Ich weiß." Esther wirkte entspannter.

Eileen steckte ihre Karten um. „Klingt, als hätte D.J. seinen Vandalen."

„Könnte sein. Man weiß nie." Esther war verdächtig ruhig.

„Ich bin raus." Ruth Ann legte ihre Karten auf den Tisch. „Der arme D.J. muss verdammt viel zu tun haben wegen den Briefästen und … allem."

„Ja."

„Oh, um Gottes Willen." Eileen legte ihre Karten ebenfalls auf den Tisch. „Was ist gestern so Ungewöhnliches passiert?"

„Nicht viel." Esther nahm ihre Gabel und stach in ihren Kuchen. Ihre Hand stoppte auf halbem Weg zum Mund und sie blickte Eileen an. „Außer ihr sprecht von dem Baby."

KAPITEL SIEBEN

Gerade als er seinen letzten Schluck Kaffee trank, den er sich im Café geholt hatte, bog D.J. in die Auffahrt der Bradys ein. Die ursprüngliche Brady-Ranch war zwischen den Kindern aufgeteilt worden, als ihr Großvater vor über zwanzig Jahren verstarb. Als die Enkelkinder heirateten, erhielten sie jeder eine nicht zu verachtende Parzelle Land. Jim und seine Frau waren auf Schafzucht umgestiegen und hatten seit kurzem auch eine kleine Herde Alpakas. Scheinbar meinte das Wollgeschäft es gut mit ihnen. Jims Frau konnte zuhause bleiben und keinem der Kinder schien es an Liebe oder dem Nötigsten zu fehlen. Sie alle fuhren relativ neue Autos und das Haus war schön und in einem guten Zustand. Mit acht Kindern waren sie, genau wie seine Familie, ein Abbild der amerikanischen Großfamilien des frühen zwanzigsten Jahrhunderts. Er hasste es, derjenige sein zu müssen, der diesem perfekten Bild einen Riss verpassen musste.

„D.J." Mary Brady hatte ihn die Auffahrt heraufkommen sehen und begrüßte ihn freudig an der Tür. „Das ist aber eine nette Überraschung. Sammelt ihr wieder für einen wohltätigen Zweck?"

D.J. wartete, bis er vor ihr stand und seinen Hut abgenommen hatte. „Leider nicht."

„Oh." Ihr Lächeln schmälerte sich ein wenig.

„Ist Christopfer hier?"

Sie wurde blass und nickte. „Er hat sich den Arm gebrochen, als er mit ein paar Freunden herumgeblödelt hat. Der Doc sagte, er sollte ein paar Tage langsam machen. Natürlich ist das einfacher gesagt als getan. Du weißt ja, wie Jungs sind. Immer voller Energie." Sie winkte ihn ins Haus.

Er lächelte und nickte ihr höflich zu. „Ich würde ihm gerne ein paar Fragen stellen."

„Natürlich. Komm mit."

In dem großen Wohnbereich spielten die Zwillinge in einem großen Laufstall. Einer stand am Rand und kaute an dem gepolsterten Geländer und der andere saß in der Mitte und stapelte fröhlich Bauklötze. So ähnlich und doch so verschieden. Auf dem Sofa war D.J.s Hauptverdächtiger von Essen, Getränken und DVDs umgeben, woraus D.J. schloss, dass der Junge von seiner besorgten Mutter königlich umsorgt wurde. Nun, das würde sich in Kürze ändern.

„Christopfer, Officer Farraday ist hier, um mit dir zu sprechen."

D.J. musste fast lachen, als er den verschreckten Gesichtsausdruck des Jungen sah. Erwischt.

Ein Verhör war nicht nötig. Der Junge verzog die Lippen, hob sein Kinn und sagte zu schnell: „Ich war es nicht."

Mit den Händen an den Hüften blickte Mary Brady ihren mittleren Sohn mit zusammengekniffenen Augen an. „Was warst du nicht?"

Und da ging es los. Der Junge gestand alles und als seine Mutter schließlich mit ihm fertig war und er vermutlich für den Rest seines Lebens Hausarrest haben würde, blieb D.J. nichts mehr übrig, als zu fragen: „Wie geht es dem Arm?"

D.J. nahm an, dass dies entweder das Ende oder der Anfang war. Bis Jim Brady ins Haus kam und seinen Sohn daran erinnerte, was von ihm erwartete wurde, hatte der Junge bereits alle Namen seiner Komplizen preisgegeben und zugestimmt, jeden einzelnen Briefkasten wieder aufzubauen, sowie den Hausbesitzern bis zur Volljährigkeit bei allen Arten von Hausarbeiten zu helfen. Christopfer würde sich entweder bessern oder sich das nächste Mal in einer Zelle wiederfinden.

Für den Jungen hoffte er, dass es nie zur zweiten Option kommen würde. Wieder zurück im Büro trank er eine weitere Tasse Kaffee und fragte sich, ob er je wieder richtig wach sein würde. Er konnte nicht verstehen, wie Eltern, die wegen eines Kindes monatelang schlaflose Nächte hatten, sich entschieden, noch mehr zu bekommen? Und seine Eltern hatten sieben in die Welt gesetzt. Er schüttelte den Kopf und nahm noch einen Schluck.

„Was du brauchst, ist ein Nickerchen." Esther stand mit einem zugedeckten Teller in der Tür. „Ich habe dir ein Stück von Franks Blaubeerkuchen mitgebracht. Du kannst den Zucker brauchen."

„Wenn ich nicht vorher umkippe."

„Wenn du dem Wilson-Mädchen weiter helfen willst, für das Baby zu sorgen, gewöhnst du dich besser an Zucker. Das könnte das Einzige sein, was dich am Laufen hält, bis man die Eltern findet oder das Baby die High School abschließt."

High School? Das ließ D.J. aufblicken.

„Was? Du denkst, die Probleme der Eltern hören auf, wenn das Baby die Nacht durchschläft? Gott, nein. Da gibt es noch Koliken." Sie stoppte auf halbem Weg zu seinem Schreibtisch. „Hat das Baby eine Kolik?"

Er dachte darüber nach, was Kolik bei Tieren bedeutete. „Ich denke nicht."

„Wie oft wacht die Kleine auf?" Esther stellte den Teller vor ihm ab.

„Alle. Zwei. Stunden."

Ein verständnisvolles Grinsen tauchte auf dem Gesicht der Fahrdienstleiterin auf. „Man muss Babys einfach lieben." Sie seufzte. „Wie ich sagte, nachdem sie die Nächte durchschlafen, kommt das zahnen und das gehen und das Trotzalter." Esther stoppte und schüttelte den Kopf. „Aber ihr müsst nur die paar Nächte durchstehen, bis sie die Eltern oder ein dauerhaftes Zuhause für die Kleine finden." Sie zeigte mit einem Finger auf den Teller auf seinem Schreibtisch. „Iss auf. Du wirst die Energie brauchen."

Mehrere Dinge gingen D.J. durch den Kopf. Das erste war Respekt für all die alleinerziehenden Eltern. Er wusste, dass er bei Becky bleiben musste, um ihr zu helfen. Aber es war ein Irrglaube gewesen, dass sie mehr Schlaf bekommen würden, indem sie sich abwechselten. Denn die Wahrheit war, dass einer Brittany wiegte oder ihr die Windel wechselte, während der andere ihr ein Fläschchen aufwärmte. Und falls zufällig einer von ihnen, normalerweise Becky, es doch schaffte, ihr alleine die Windel zu wechseln, sie zu füttern und sie wieder in den Schlaf zu wiegen, war der andere hellwach und in Alarmbereitschaft, sollte er gebraucht werden. Er musste alleinerziehenden Eltern wirklich mehr Anerkennung zollen.

Brooklyns Anweisungen für einen schnelle Vaterschaftstest folgend, war der Tupfer mit dem Speichel des Babys bereits versiegelt auf dem Weg zum Analysieren. Finn hatte auf der Ranch nichts gefunden, dass sie für einen DNS-Test verwenden konnten. Stattdessen hatte D.J. eine Speichelprobe von sich genommen, da so zumindest bestimmt werden könnte, ob Brittany eine Farraday war. Falls keiner seiner anderen Brüder Urlaub in der Nähe von Ethans Heimatstützpunkt gemacht hatte – was unwahrscheinlich war, da keiner von ihnen die Stadt im letzten Jahr länger als ein paar Stunden verlassen hatte –, konnte Brittany nur übereinstimmende DNS-Strukturen mit D.J. aufweisen, wenn Ethan wirklich ihr stolzer Papa war. Nun hieß es nur noch, auf die Stunde der Wahrheit warten.

Was D.J. wieder zu einem anderen Gedanken brachte, der ihm im Kopf herumschwirrte. Falls dieses süße Baby, und sie war wirklich unglaublich süß, sich als Ethans Tochter herausstellte, würde Ethan unmöglich für sie sorgen können. Nicht nur seine Reife war ein Problem, Ethans draufgängerische Art würde sich nicht damit vertragen, die ganze Nacht ein Baby zu tätscheln, bis es ein Bäuerchen machte. Was bedeutete, zumindest fürs erste, dass jemand anderes für sie sorgen musste. Die logische Wahl wäre Tante Eileen. Sie wusste definitiv mehr darüber, ein kleines Mädchen aufzuziehen, als jeder seiner Brüder. Wahrscheinlich auch mehr als sein Dad. Seine Schwester Grace hatte sich zu einer tollen Frau entwickelt, auch wenn sie zu der freigeistigen Sorte gehörte. Er hatte keine Zweifel daran, dass die Stärke seiner Schwester Tante Eileens Verdienst war. Nur Gott wusste, was aus ihr geworden wäre, wenn eine Horde Jungs sie aufgezogen hätte. Natürlich würde jeder seine verheirateten oder bald verheirateten Brüder die Aufgabe übernehmen. Nicht dass es ein einfacher Start in die Ehe wäre, das Baby des eigenen Bruders aufzuziehen.

Er fuhr sich übers Gesicht, als wäre das genug, um die Erschöpfung und den Frust zu lösen, und seufzte laut, während er sich fragte, wie Becky wohl mit Brittany in der Arbeit zurechtkam.

„In dieser Geschwindigkeit brauchen wir gar nicht so tun, als würden wir heute irgendetwas schaffen." Kelly wiegte Brittany im Arm, während Pat, die Labortechnikerin in der Nähe stand und wartete, dass sie dran war.

Und dabei war noch gar nicht eingerechnet, wie viel Zeit Becky damit verbracht hatte, die Kleine den Patienten im Warteraum vorzustellen, oder sie zu füttern, ihr die Windel zu wechseln und sie in den Schlaf zu wiegen.

„Wie geht's deinem Mädchen?" Adam kam gerade von dem Untersuchungsraum für Großtiere hinter dem Haus zurück. Er hatte gerade das Pferd einer Familie untersucht, die gerade in die Stadt gezogen war. Mit dem Zeigefinger kitzelte Adam das Bäuchlein des kleinen Wesens.

Bis jetzt hatte Brittany nicht viel gelächelt, sondern hauptsächlich die Leute um sie herum beobachtet. Obwohl sie nicht misshandelt oder vernachlässigt wirkte, gab es kein zufriedenes Grinsen.

„Du blickst so finster drein, Becky." Adam richtete sich auf und entfernte sich einen Schritt vom Baby. „Ist alles in Ordnung?"

„Ach nichts. Ich tagträume nur."

„Aha." Adam lächelte und schüttelte den Kopf." Bestellen wir uns etwas und essen hier oder gehen wir mit dem Baby ins Café?"

„Die Katze ist aus dem Sack", sagte Pat über ihre Schulter. „Es ist also egal, was ihr macht."

Natürlich waren Nadine Peabody und ihre Katze Sadie die ersten Patienten am Morgen. Die Frau wird nur noch von Burt Larson übertrumpft, wenn es darum geht, Gerüchte zu verbreiten. Sie hatte kaum einen Fuß aus der Praxis gesetzt, schon riefen ihre Nachbarn und Freunde an oder kamen vorbei, um sich das kleine Mädchen anzusehen.

„Ich bin mir ziemlich sicher, dass auch Wetten ab-geschlossen werden." Kelly gab Pat das Baby. „Laut

Ned aus der Werkstatt stehen wegen ihrer strahlend blauen Augen die Quoten für die braunäugigen Junggesellen der Stadt schlecht, aber falls sich die Farbe noch änderte ..." Kelly wackelte mit den Augenbrauen und lachte.

Die Wetten gaben ihnen einen Grund zum Scherzen, aber für Becky war nichts davon wirklich lustig. Tief in ihr war sie sich sicher, dass die Mutter auf der Geburtsurkunde nicht gelogen hatte und dass dieses Mädchen eine Farraday war. Und wenn die Art, wie Brittany alle studierte, die ihr nahe kamen, würde sie eine kluge Farraday werden. Vielleicht sogar eine Militärpilotin wie ihr Vater. „Man lässt keine Dummen Leute Flugzeuge fliegen?", murmelte sie.

„Was?" Mit dem Baby an der Schulter drehte Pat sich zu Becky um.

„Ich führe nur Selbstgespräche."

„Worüber?", fragte Pat erneut.

„Wir verziehen sie." Becky wollte nicht wiederholen, was sie gedacht hatte. „Seit heute morgen haben wir sie keine fünf Minuten aus dem Arm gelegt. Ich frage mich, wer von euch mit ihr um drei Uhr morgens herumlaufen wird."

„Habe ich ein Telefon klingeln hören?" Pat gab das Baby mit einem letzten sanften Tätscheln zurück.

„Ich vermute, ich sollte zumindest ein wenig arbeiten." Kelly trat einen Schritt zurück, doch war immer noch nahe genug, um sanft über Brittanys weiche Haare zu streichen und gleichzeitig Adam im Auge zu behalten, der gerade die Bürotür hinter sich schloss. „Aber wenn es bedeutet, D.J. Farraday für mich zu erwärmen, könnte ich mir vorstellen, mich freiwillig für einen kleinen Besuch in der Nacht zu melden." Sie senkte ihre Stimme absichtlich eine Oktave tiefer, um ein wenig wie die berühmte Mae West zu klingen.

Es funktionierte. Ihr berühmter Satz *Warum kommst du nicht irgendwann hoch und besuchst mich* kam ihr sofort in den Sinn und Becky war nicht sehr erfreut darüber. Nicht, dass sie Interesse an D.J. hatte oder ihn für sich wollte, aber … aber was?

„Du siehst schon wieder so abwesend aus." Kelly blickte ihre Freundin an.

Kein aber. Ihr gefiel nicht, dass Kelly Anspielungen bezüglich D.J. machte und sie brauchte keinen Grund, um das unangemessen zu finden. „Ich dachte, du musst ein paar Tabellen durchgehen."

„Wie deine Großmutter", murmelte Kelly auf dem Weg zurück zum Empfangstresen.

Als sie aufwuchs hatte Becky es gehasst, mit ihrer Mutter und Großmutter verglichen zu werden. Zwei herrischen Frauen. Doch bis sie die High School verließ, hatte sie erkannt, dass die Frauen in ihrer Familie stark, gütig und verlässlich waren und von allen um sie herum respektiert und geliebt wurden. Inklusive ihr. Jetzt mit ihrer Großmutter verglichen zu werden, war eines der größten Komplimente, die man ihr machen konnte.

Da Brittany nun an ihrer Schulter schlief, legte Becky das Baby im Pausenraum behutsam in ihr Körbchen und versuchte dem Drang zu widerstehen, sich neben sie zu legen, um selbst ein kleines Nickerchen zu machen. Jetzt wäre ein guter Zeitpunkt, mit Grace zu reden.

Becky setzte sich an den Computer und öffnete ein Video-Chat-Programm. Nachdem es einige Zeit geklingelt hatte, wollte sie gerade das Programm schließen, als der Bildschirm plötzlich aufblinkte.

Grace lächelte sie freudig durch den Monitor an. „Hallo, Fremde."

Es war schon ein paar Tage her, seit sie das letzte Mal miteinander gesprochen hatten. „Du musst gerade reden. Ich bin nicht diejenige, die ihren Kopf die ganze Zeit in Lehrbüchern vergräbt.“

„Wäh“, stöhnte Grace. „Erinnere mich nicht. Habe ich schon gesagt, wie sehr ich Tests hasse?“

Becky lachte. „Seit der Vorschule.“

„Wir hatten keine Tests in der Vorschule.“ Grace verdrehte die Augen. „Erinnere mich bitte nochmal daran, warum ich dachte, Jura zu studieren wäre eine tolle Idee.“

„Ernsthaft? Das fragst du mich?“

Dieses Mal ließ Grace ein leises Lachen erklingen. „Okay, ich jammere nur etwas rum. Was bringt dich dazu, während der Arbeitszeit online zu kommen?“

„Ein Baby.“

Grace‘ Augen weiteten sich und ihr Gesicht füllte den ganzen Bildschirm aus, als sie sich vorlehnte. „Du bist schwanger?“

„Nein. Man muss Sex haben, um schwanger zu werden.“

„Okay.“ Grace lehnte sich wieder zurück. „Kurz hattest du mich. Also, warum bist du online?“

„Es gibt wirklich ein Baby. Ich bin vorübergehende Pflegemutter.“

„Ah.“ Grace nickte. „Jetzt ergibt das Sinn. Und es erklärt die Ringe unter deinen Augen. Du siehst schrecklich aus.“

„Wow, danke.“ Offensichtlich hatte keiner der Brüder Grace kontaktiert, um sie über die aktuellen Geschehnisse zu informieren und Becky fühlte sich nicht bereit, die Katze aus dem Sack zu lassen. „Sie wurde an der Treppe vor dem Polizeirevier ausgesetzt.“

Finster dreinblickend schoss Grace nach vorne. „In Tuckers Bluff? Wissen wir, wer die nichtsnutzige Mutter ist?“

Becky schüttelte den Kopf. „Wir haben nur einen Namen. Sie ist nicht von hier.“

„Woher weißt du ihren Namen?"

„Sie hat eine Geburtsurkunde und eine Verzichtserklärung für das Sorgerecht dagelassen."

„Klingt ziemlich ordentlich." Ein Klopfen an der Tür ertönte und Grace blickte vom Bildschirm weg. „Scheiße, ich bin spät dran. Muss los. Sag dem großen Bruder, er soll mir eine Kopie der Papiere schicken und ich sehe mir an, ob alles rechtens ist."

„Werde ich." Becky winkte. Grace winkte zurück und dann wurde der Bildschirm schwarz.

Becky rieb sich die Augen, seufzte und legte ihren Kopf in ihre Hände.

„Ich weiß, wie du dich fühlst." D.J.s Stimme drang von der Tür herüber. Er hatte leise gesprochen, doch seine tiefe Stimme war leicht zu verstehen. „Ich nehme an, sie ist brav."

Becky nickte. „Nicht schwierig bei all der Aufmerksamkeit, die sie bekommt."

„Man könnte meinen, sie ist die Wiedergeburt des Herrn, so schnell wie sich die Neuigkeiten in der Stadt verbreitet hat." Er kam einen Schritt näher, um das schlafende Baby anzusehen.

„Alle lieben Geheimnisse. Wessen Baby ist sie? Warum wurde sie in Tuckers Bluff ausgesetzt? Ist die Mutter von hier oder der Vater oder beide? Viele Fragen. Dieselben, die Grace gestellt hat."

„Du hast mit ihr gesprochen?"

Becky nickte. „Nur ein paar Minuten. Sie war spät dran. Ich habe ihr vom Baby erzählt, aber nicht von Ethan.

„Was hat sie gesagt?"

„Dass du ihr die Papiere schicken sollst, die die Mutter hiergelassen hat, damit sie überprüfen kann, ob alles rechtens ist."

Einer seiner Mundwinkel wanderte nach oben. Er dachte vermutlich dasselbe wie sie. Manchmal war es schwierig, sich die freigeistige Grace als eine nach dem Lehrbuch handelnde Anwältin vorzustellen.

„Ich weiß nicht, was ich gesagt hätte, wenn sie zu viele Fragen gestellt hätte."

D.J. blickte vom Baby zu Becky. „Ich habe die Proben weggeschickt. Bald werden wir Ergebnisse haben."

Becky wusste nicht, was sie davon halten sollte. Ein großer Teil von ihr mochte die Vorstellung, dass Ethan einen Grund hatte, nach Hause zu kommen und hier zu bleiben. Ein anderer Teil von ihr fragte sich, ob er Brittany einfach näher an seinen Stützpunkt mitnehmen würde. Oder vielleicht die Mutter suchen und sie heiraten würde. Von allen Optionen ergab die letzte am meisten Sinn. Die Farradays waren ausgesprochen loyal. Stolz und ehrenwert waren die Worte, die jedem in den Sinn kamen, wenn sie über die Familie sprachen. So altmodisch wie es klang, das Richtige zu tun wäre für einen Farraday genau das. Selbst für Ethan. Aber es bestand auch immer noch die winzige Möglichkeit, dass die Mutter gelogen hatte. Dass sie einfach den Namen des nettesten Kerls, mit dem sie geschlafen hatte, auf die Geburtsurkunde hatte schreiben lassen und auf das Beste hoffte. Becky wünschte sich, sie wüsste mehr über diese Frau.

„Ich habe das Jugendamt verständigt." D.J. senkte seine Stimme noch weiter, als hätte er Angst, dass das Baby ihn hören könnte. „Wie erwartet sind sie überfordert, aber wir können in nicht allzu ferner Zukunft einen Besuch vom County erwarten."

„Wie bald denkst du?"

D.J. zuckte mit den Achseln. „Könnte genauso gut morgen sein, oder nächsten Monat. Ich hoffe, dass es aber noch solange dauert, bis wir wissen, ob sie eine Farraday ist."

„Was ist mit der Mutter? Werden sie sie

kontaktieren müssen?"

D.J. schüttelte den Kopf und fuhr sich mit der Hand über den Nacken. „Da der letzte Umschlag einen freiwilligen Abtritt des Sorgerechts beinhaltete, vermutlich nicht."

„Oh weh", Becky wandte ihre Aufmerksamkeit dem schlafenden Baby zu, „sie wollte ihre Tochter wirklich nicht, oder?"

„Ich denke, das war schon klar, als sie Brittany in einer Schachtel vor dem Revier ausgesetzt hat", schnauzte D.J. heraus.

Becky atmete tief ein. So bissige Antworten war sie von ihm oder seinen Brüdern nicht gewohnt. So oft war sie in den Jahren ihrer Freundschaft mit Grace im Haus der Farradays gewesen und noch öfter hatten Grace und sie die Brüder genervt oder ihnen Streiche gespielt, und nicht einmal hatte einer sie so angeschnauzt.

„Sorry." D.J. seufzte laut. „Ich bin etwas müde."

„Ich dachte gerade an das eine Mal, als Grace und ich Adam die Zehennägel lackierten, während er schlief."

Einer von D.J.s Mundwinkeln wanderte nach oben.

„Als er aufwachte und sah, dass seine Zehennägel – und der Großteil seiner Zehen – pink waren, hat er dich und Connor deswegen verfolgt."

„Ich erinnere mich", sagte D.J.. „Er drückte mich gerade an die Wand, als ihr ins Zimmer kamt und Grace fragte, ob ihm die Farbe nicht gefiel."

„Darauf sagte ich, dass ich rot nehmen wollte." Becky konnte nicht aufhören zu lächeln. Ihre Erinnerung daran, mit den Farradays aufzuwachsen fühlten sich wie Zuhause an. „Adam blickte uns an und sah das Rot und Pink auf unseren Fingern und Zehen und ließ dich los. Dann kam er zu uns, beugte sich herunter und sagte wirklich sehr gelassen für einen Sechzehnjährigen, dass wir das bitte nicht mehr machen sollten, ohne ihn zu fragen."

D.J. zuckte mit den Achseln. „Adam versuchte immer, der Vernünftige zu sein.

„Genau wie du." Sie fragte sich, ober er sich an das erinnerte, worauf sie anspielt.

Er kniff kurz die Augen zusammen, bevor es ihm einfiel. „Ah. Der Liedschatten." Sein anderer Mundwinkel wanderte nun ebenfalls nach oben und vervollständigte sein Lächeln. „Da wart ihr älter. Sechs, glaube ich."

Becky nickte. „Als du aufgewacht bist –"

„Weil Adam und Brooks so laut gelacht hatten", fügte er hinzu.

„Ja. Aber du wurdest nicht wütend. Du hast uns sogar noch Rusch und Lippenstift auftragen lassen."

„Das hat Sinn gemacht. Ihr hattet Spaß und es war ja nicht so, als hätten Adam und Brooks noch lauter lachen können." Er kicherte und schüttelte den Kopf. „Gott sei Dank gab es damals noch keine Handykameras."

„Das stimmt."

„Tut mir leid, dass ich laut geworden bin. Zusammen mit allem, was noch so los ist, zehrt die Situation ziemlich an meinen Nerven."

„Irgendetwas, wobei ich helfen kann?"

Er blickte auf das Baby und dann zu ihr. „Das tust du bereits." Sein Handy klingelte. „Farraday."

Becky konnte nicht hören, wer am anderen Ende war.

D.J. kniff die Augen zusammen, fluchte leise und drehte sich dann um. „Sag Reed er soll mich dort treffen und ruf dann Brooks an. Ich bin gleich da."

Die schnelle Art, wie D.J. bereits das Büro durchquerte, sagte Becky, dass gerade nichts Gutes passiert sein konnte. „Sei vorsichtig."

D.J. drehte sich zu ihr um. Sie hatte das bestimmte

Gefühl, dass er vergessen hatte, dass sie im Raum war. Er nickte und marschierte durch das Wartezimmer und zur Tür hinaus.

„Wo brennt's denn?", fragte Kelly.

Becky zuckte mit den Achseln.

„Oh mein Gott." Pat kam nach vorne gerannt. „Polly vom Cut and Curl hat gerade angerufen. Jake Thomas läuft Amok. Er hat sich im Futterladen eingesperrt." Pat rang nach Luft und sah sich um. „Wo ist der Doc?"

„Untersuchungszimmer Zwei." Kelly deutete mit dem Daumen über ihre Schulter.

„Ich muss ihm wegen Meg Bescheid sagen."

Adam öffnete gerade die Tür und hörte Pats Worte. „Was ist mit meiner Frau?"

„Jake Thomas hat sich mit Charlotte und Meg im Futterladen eingesperrt."

„Verdammt." Er drehte sich schnell um, warf sein Klemmbrett auf den Tresen und rannte los. „Verlegt alle Termine."

Er war bereits an der Tür, als Pat ihm nachrief: „Doc. Er hat eine Waffe."

KAPITEL ACHT

In einer so kleinen Stadt war es nicht wirklich nötig, mit Blaulicht und Sirene zu fahren, besonders wenn man verhindern wollte, dass einem die ganze Stadt folgte. Aber gerade wünschte er sich, er könnte fliegen.

Aus der anderen Richtung raste Reed mit seinem Streifenwagen heran und parkte direkt vor dem Futterladen. Ohne Zeit zu verlieren sprang er aus dem Wagen und positioniert sich an der Wand neben dem Eingang. Nur Sekunden später kam auch D.J. vor dem Laden an, holte seine kugelsichere Weste aus dem Kofferraum und atmete tief ein. Er war überzeugt gewesen, dass er nie wieder eines dieser Dinger tragen würde. Als er nach dem Gewehr griff, atmete er ein weiteres Mal tief ein. Hoffentlich würde er es heute nicht benutzen müssen.

„Was haben wir?", fragte D.J., nachdem er neben dem anderen Officer stehen blieb.

Reed schüttelte den Kopf. „Ich kann nur Jack sehen. Er schien im hinteren Teil des Ladens auf und ab zu gehen. Er hat nicht rausgesehen. Vermutlich weiß er nicht, dass wir hier sind."

„Wer hat angerufen?"

„Ich." Ned kam von der Werkstatt herübergeeilt. „Wir haben uns gerade über das Wetter unterhalten und dass es diesen Sommer vielleicht nicht so trocken wird."

D.J. nickte und hoffte, dass diese die kurze Version

werden würde.

„Meg Farraday kam rein. Sie und Charlotte wollten scheinbar zum Mittagessen gehen. Oder war es zum Einkaufen?"

„Egal. Was ist passiert?", hakte D.J. nach.

„Das war es. Mehr weiß ich nicht." Er zuckte mit den Achseln. „Ich sagte etwas darüber, wie hübsch die Ladys heute aussehen und Jake ist explodiert. Das Telefon klingelte und er riss die Leitung aus der Wand. Ich wusste, dass etwas nicht stimmte, besonders als ich sah, wie seine Frau zusammenzuckte und Meg sich vor sie stellte."

„Meg stellte sich vor Charlotte?"

Ned nickte. „Als würde sie sie beschützen wollen. Ich bin vielleicht zu alt zum Kämpfen, aber ich kann noch denken. Ich schüttelte den Kopf und sagte: *Irgendwann mache ich das auch mal mit meinem alten Telefon.* Ich hoffte, dass würde die Lage etwas entspannen, aber das schien ihn nur noch mehr anzustacheln. Er sah aus wie dieser Fernseh-Charakter, der grün wird."

Ned wurde leise und Reed half: „Der Hulk."

„Ja", Ned nickte wieder. „Genau der. Bevor ich noch ein Wort sagen konnte, zog Jake diese alte Pistole aus einer der Schubläden und wedelte damit herum. Meg und Charlotte warfen sich zu Boden und ich griff nach der Waffe."

Wenn es stimmte, was der alte Mann sagte, war die Tatsache, dass Ned noch stand und nicht in einer Blutlache auf dem Boden des Futterladens lag, vielleicht ein gutes Zeichen dafür, dass heute niemand in einem Leichensack enden würde.

„Er schoss in die Decke."

„Absichtlich?", fragte D.J..

„Sah so aus. Er schrie, dass alle verschwinden sollten. Ich wartete neben der Tür auf die Mädchen.

Das nächste, an was ich mich erinnere, ist, dass Jake mich nach draußen schob und die beiden Frauen zurückhielt, bevor er die Tür hinter mir absperrte. Ich hatte kein Handy. Darum lief ich in meine Werkstatt und rief euch an."

Wie aufs Stichwort kam Polly vom Cut and Curl herübergerannt. Genau was D.J. brauchte, dass die ganze Stadt auftauchte.

„Ich rief gleich an, als ich den Schuss hörte. Ich wollte nicht glauben, dass es war, wonach es sich angehört hatte, aber ich sah Jake mit dem Ding herumfuchteln."

D.J. blickte vom Futterladen zum Cut and Curl auf der anderen Straßenseite. „Du hast ihn gesehen?"

Die kleine Frau wurde rot und blinzelte. „Ich habe vielleicht das Fernglas benutzt, das unter der Kasse liegt."

Sobald D.J. mehr Zeit hatte, würde er dieser pikanten Information etwas mehr Aufmerksamkeit schenken. „Was hast du noch gesehen?"

„Jake schob Meg und Charlotte nach hinten an die Wand. Dort haben sie sich hingekauert. Jake geht seitdem ständig auf und ab."

„Hast du irgendetwas gehört, was er gesagt hat?"

Polly richtete sich auf und runzelte die Stirn. „Ich sagte Fernglas, nicht Mikrofon. Für was für eine Nachbarin hältst du mich?

Eine weitere Frage für einen anderen Tag. „Okay, danke. Geh wieder in deinen Laden und bleib drinnen."

Sie kaute auf ihrer Unterlippe herum und schüttelte den Kopf. „Ich hätte nie gedacht, dass ich so etwas einmal sehen würde. Nicht in Tuckers Bluff."

Er ebenfalls nicht. In diesem Augenblick raste Adams Truck die Straße herunter.

„Reed, funk Esther an. Ich will, dass du mit ihr die Straße absperrst. Niemand sonst, außer Brooks, kommt auch nur in die Nähe des Ladens. Verstanden?"

Reed nickte, bevor er zu seinem Wagen rannte.

„Ist sie in Ordnung?" Der große Truck stand kaum, da war Adam bereits herausgesprungen und zu D.J. geeilt.

„Ganz ruhig." D.J. streckte seinen Arm aus. „Atme tief durch. Es geht ihnen gut." Das *bis jetzt* wollte er nicht laut aussprechen.

„Ist es wahr? Bedroht Jake sie mit einer Waffe?" Adam war ein starker Mann. So stark wie es nur ging, aber die Sorge in seinen Augen schien groß genug zu sein, um ihn zu brechen.

„Wir haben es noch nicht bestätigt, aber es sieht danach aus." D.J. stieß seinem Bruder in die Seite. „Ich weiß, dass das schwer ist, aber du darfst dich nicht einmischen. Das hier ist nicht, wie das letzte Mal."

„Nein." Adam blickte seinen Bruder wegen der Anspielung auf Megs Ex finster an. „Dieses Mal hat Meg keine Geheimwaffe."

„Von der wir wissen. Sie ist eine kluge Frau. Vertrau ihr." D.J. verlagerte sein Gewicht. „Und mir."

Adam starrte ihn noch etwas länger an und blickte dann zu dem großen Fenster des Futterladens. „Lass nicht zu, dass ihr etwas zustößt."

Alles, was D.J. tun konnte, war nicken. Jemanden zu verlieren, stand nicht auf seiner Agenda.

In West-Texas verbreitete sich Klatsch schneller als ein Lauffeuer. Innerhalb kürzester Zeit wusste die ganze Stadt, dass Jake Amok lief. Laut der Gerüchte variierte die Anzahl der Geiseln bis zu mehreren Dutzend und die Waffe war irgendetwas zwischen einer einfachen Pistole und einem Arsenal an Schnellfeuergewehren.

Das Einzige, was Becky sicher wusste, war, dass Meg und Charlotte im Futterladen waren und dass die Lage sehr ernst sein musste, da alle umliegenden Geschäfte evakuiert worden waren. Solang Becky sich erinnern konnte, hatten tagsüber immer zwei Officer und ein Fahrdienstleiter Dienst, während die Nachtschicht immer nur von einem übernommen wurde. Zu wissen, dass zumindest ein nicht diensthabender Beamter gerufen wurde, ließ das Ganze wie eine Krimiserie im Fernsehen wirken, anstatt wie das normale Leben in Tuckers Bluff.

Die surreale Situation erklärte vermutlich auch, warum die meisten der ausquartierten Ladenbesitzer und Anwohner sich im Silver Spurs eingefunden hatten.

Ohne Adam, der sich um die Patienten kümmerte, hatte die Klinik früh geschlossen werden müssen. Niemand konnte sich auf die Arbeit konzentrieren und letztendlich waren sie alle ins Café gegangen, um auf das Ende der Krise zu warten, sogar Becky.

„Wie lang geht das jetzt schon?", fragte Kelly, während sie einen Löffel Zucker in ihre nächste Tasse Kaffee rührte.

„Fast eine Stunde. Wenn du nicht bald mit dem flüssigen Koffein aufhörst, müssen wir dich noch von der Decke kratzen, bevor das ganze vorbei ist." Abbie zeigte mit ihrem Finger auf Kellys volle Tasse.

Indem Becky das Baby herumtrug, war sie in der Lage gewesen, ihre Nerven etwas zu Beruhigen. Oder sich zumindest abzulenken. Die Wahrheit war, dass sie sich gewaltige Sorgen um alle beteiligten machte. Das entsetzte Gesicht von Adam, als er aus der Klinik gerannt war, bereitete ihr immer noch Schmerzen. Die wollte nicht daran denken, was Meg und Charlotte als Geiseln eines Verrückten durchmachen mussten, oder was dieser Verrückte ihnen oder den Polizisten vor dem

Laden antun könnte.

Letzte Nacht hatte sie eine neue Seite an D.J. kennengelernt. Eines Mannes, den sie eher für ernst gehalten hatte. Worte wie süß und liebevoll kamen ihr in den Sinn und es gefiel ihr nicht, dies mit fliegenden Kugeln in Verbindung bringen zu müssen. Schon fast eine Stunde verhandelte D.J. mit Jake Thomas. Man erzählte sich, dass die Bundesbehörden informiert worden waren und dass die Stadt bald vor FBI-Agenten überquellen würde. Andere bestanden darauf, dass D.J. eine Art SWAT-Super-Bulle wäre und keine Hilfe brauchen würde, um Jake wieder aus dem Schlamassel herauszuholen, in das er sich gebracht hatte. Ehrlichgesagt hatte Becky keine Ahnung, was die Realität war. Sie hatte Ethans Karriere verfolgt, nicht die von D.J.. Aber sie hoffte, dass Super-Cop ganz oben in seinem Lebenslauf stand.

„Denkst du, es ist wahr?", fragte Pat, während sie die Straße hinunter in Richtung der Polizeiabsperrung blickte.

„Was?", fragte Becky.

„Dass D.J. so etwas schon einmal gemacht hat."

Kelly schüttelte den Kopf. „Grace hat immer nur erzählt, dass er es in Dallas bis zum Detective gebracht hatte. Ich denke, sie hätte es erwähnt, wenn er Verhandlungen bei Geiselnahmen durchgeführt hätte. Ich denke, darauf wäre eine kleine Schwester sicher wahnsinnig stolz."

„Für mich klingt das eher verdammt angsteinflößend." Abbie tauschte die größtenteils vollen Wassergläser auf dem Tisch gegen frische. Niemand im Laden aß etwas und Becky vermutete, dass Abbie sich irgendwie beschäftigen musste.

„Ich wäre nicht überrascht, wenn es stimmt." Becky hatte die Worte ausgesprochen, bevor sie überhaupt darüber nachgedacht hatte. Sie erinnerte sich, dass Grace damit angegeben hatte, wie schnell D.J. die Karriereleiter nach oben geklettert war, als er zum Detective befördert worden war. Becky erinnerte sich auch daran, dass gesagt wurde, dass ehemaligen Soldaten viele Aufstiegsmöglichkeiten offen standen. Andere Male hatte sie Schnipsel von Unterhaltungen zwischen ihrem Boss und seinem Bruder mitbekommen. Sie war sich nicht sicher, ob D.J. sich allgemein äußerte oder ob es ihn selbst betraf, doch er hatte gesagt, dass viele gute Männer sauer waren, bei der Vergabe der begehrten Detective-Stellen übergangen worden zu sein. Es war nie ausgesprochen worden, doch Becky hatte den Eindruck bekommen, dass das, was auch immer er bei den Marines gemacht hatte, ihn für die Beförderung im Dallas Police Department mehr als qualifiziert hatte. „Ich denke, er bekommt das hin.“

„Ich weiß, dass er das hinbekommt“, murmelte Abbie leise.

Die Glocke über der Tür klingelte und alle Köpfe drehten sich zu Sean Farraday, der zusammen mit dem Jüngsten der Farradays und Tante Eileen durch die Tür kam. „Ich weiß nicht, was ihr erwartet habt“, sagte die ältere Frau.

„Es bringt niemandem etwas, wenn er wie ein Panther auf der Jagd durch seinen Laden pirscht.“ Sean hängte seinen Hut an den nächsten Haken und sah sich im Raum um, bis er Abbie erblickte. „D.J. hätte gerne ein paar Sandwiches für Jake und die Mädchen.“

„Kommt sofort.“ Abbie drehte sich zur Küche. „Eine Runde –“

„Ich habe es gehört“, rief Frank aus der Küche, „aber es widerstrebt mir, diesem Arsch … Mann etwas zu machen.“ Seine schroffe Stimme wurde leiser, als er weiter murmelte: „Aber wenn D.J. denkt, dass ein paar Sandwiches Jake wieder in die Spur bringen, dann schneide und buttere ich jeden Laib Brot in Tuckers

Bluff.“

Eileen legte ihre Hand auf Sean Farradays Unterarm. „Schau mal, ob du Adam nicht dazu bewegen kannst, etwas zu essen. Das wird ein sehr langer Tag werden.“

Der Patriarch des Farraday-Clans starrte seine Schwägerin lange an, aber nickte schließlich, bevor Eileen Becky erblickte und zu ihr ging.

„Das ist also das geheimnisvolle Baby?“, sagte Tante Eileen sanft – im Gegensatz zu ihrem schroffen Ton von eben – und tätschelte lächelnd Brittanys Hände.

Becky fragte sich, was die Frau tun würde, wenn sie wüsste, wer Brittanys Vater war. Oder sein könnte.

KAPITEL NEUN

„Immer noch alles in Ordnung da drinnen?“, fragte D.J. übers Telefon erneut. Sein Mund war schon ganz trocken vom Reden.

„Wieso interessiert dich das?“ Die neue Traurigkeit in Jakes Stimme sagte ihm, dass die Situation sich geändert hatte. Die Wut, mit der Jakes vorherigen Antworten erfüllt gewesen waren, war verschwunden. Jake schien langsam wieder klar zu werden.

Da er die Geschehnisse im Inneren nicht verfolgen konnte, da Jake die Jalousien vor dem Fenster geschlossen hatte, musste D.J. die Situation an Jakes Stimmlage einschätzen. Und gerade klang er vor allem müde. „Ich will nur helfen. Es war ein langer Tag. Du musst müde sein.“

„Natürlich bin ich müde“, platze Jake heraus. „Kannst du uns nicht in Ruhe lassen?“ Erneut hatte sich etwas verändert, aber nicht zum Besseren.

D.J. wusste, wie es sich anhörte, wenn Erschöpfung zu Verzweiflung wurde. Er musste seine Vorgehensweise ändern. „Du liebst deine Frau, nicht wahr?“

„Natürlich liebe ich sie.“ Die Müdigkeit war zurück.

Gut. Damit konnte D.J. arbeiten. Verzweiflung war viel, viel gefährlicher.

„Charlotte ist das Beste, was mir je passiert ist“, fügte Jake hinzu.

„Ich denke, sie empfindet für dich dasselbe.“ Gott,

weder Brooks noch er hatten sie überzeugen können, Jake zu verlassen, nicht einmal zu ihrem eigenen Schutz.

„Ja, sie liebte mich."

„Dass Jake in der Vergangenheit sprach, ließ erneut Alarmglocken läuten. Verdammt. Hatte er die Unterhaltung in die falsche Richtung geführt? D.J. war zu sehr involviert. Meg war wie eine Schwester für ihn. Sie zu verlieren würde Adam vernichten. Verdammt, nein. Er konnte sich nicht erlauben, daran zu denken. Er durfte nicht an sich zweifeln. Es blieb ihm keine andere Wahl, als seinen Instinkten zu folgen. „Ich hatte nie jemanden, den ich lieben konnte. Meine Brüder schon. Adam liebt Meg genauso wie du Charlotte." Er atmete tief ein und hoffte auf eine positive Antwort. Ein langer Moment der Stille verging, bis sich die Tür plötzlich einen Spalt öffnete und D.J. in Alarmbereitschaft versetzte.

An beiden Seiten des Gebäudes in Bereitschaft, zogen Reed und Esther ihre Waffen und D.J. gab ihnen ein Zeichen zu warten. Hoffentlich hatte keiner von ihnen einen nervösen Zeigefinger.

Die Tür öffnete sich und der Wind trug Stimmen in seine Richtung. Eine Stimme. Megs Stimme. „Bitte, sagte sie einmal, dann ein zweites Mal.

Dieses Mal bewegte sich D.J. einen Schritt vorwärts. Seine Hände umschlossen den Griff seiner Pistole und sein Puls wurde schneller. Eine falsche Bewegung könnte Meg das Leben kosten.

„Bring mich nicht –" Ein Schuss übertönte Megs Worte, als sie aus der Tür flog und hart auf dem Asphalt landete.

Die Tür schlug wieder zu und aus den Augenwinkeln konnte D.J. sehen, dass Reed Adam zurückhielt. D.J. stürmte vor und platzierte sich schützend zwischen Meg und der Tür. Er beugte sich über sie und suchte nach Blut. „Bist du in Ordnung?"

Sie war bereits dabei, aufzustehen und wollte sich an ihm vorbeidrücken. „Charlotte –"

D.J. hielt sie am Arm zurück, hob sie praktisch vom Gehsteig und eilte mit ihr zu Brooks und Adam am Ende des Gebäudes. „Wurdest du getroffen?" Er war sich ziemlich sicher, dass Jake wieder in die Luft geschossen hatte, aber er musste sichergehen.

Sie schüttelte den Kopf und blinzelte ihre Tränen weg. „Nein. Es geht mir gut."

Die Zeit lief ihm davon. Das wusste er so sicher, wie sein Name Declan James Farraday war.

Adam drängte sich an Reed vorbei und schloss seine Frau in seine Arme.

D.J. tippte ihr auf die Schulter. „Meg, es tut mir leid, aber ich brauche ein paar Antworten. Schnell."

Sie löste sich von Adam und verscheuchte Brooks, der sie am Handgelenkt gepackt hatte und anfing, Arzt zu spielen. „Oh, Gott, D.J.. Er ist verrückt. Ich habe noch nie jemanden so durchdrehen sehen. Nicht einmal …"

„Es ist in Ordnung. Wie viele Waffen hat er?"

„Ich denke, nur eine."

„Du denkst."

Sie nickte. „Nur diese eine."

„Wie oft hat er geschossen?"

„Einmal in die Decke, als er Ned verjagt hat und jetzt noch einmal."

„Hat er irgendetwas darüber gesagt, was er will?"

Ihr Kopf bewegte sich von einer Seite zur anderen. „Ich verstehe nicht. In einer Minute noch völlig normal und in der nächsten tobend und schreiend. Er hat Waren umgeworfen und Säcke mit Saatgut herumgeworfen, als wären sie Luftballons. Es war, als würde man Superman zusehen."

Oder dem Hulk, dachte er.

Meg rang nach Luft und drückte die Hand ihres Ehemanns fester. „Nachdem er dir gesagt hatte, dass Charlotte ihn liebte, sagte sie ihm, dass sie das immer noch tut. Und immer tun würde. Gott, wie kann jemand einen so verrückten Menschen lieben?"

Adam zog seine Frau an sich und drückte ihre Schulter, damit sie weitersprach.

„Danach wurde er still." Sie blickte D.J. an. „Dann hast du Adam erwähnt und da hat Jake uns gesagt, wir sollen aufstehen. Er entschuldigte sich. Sagte, dass er mir keine Angst einjagen wollte. Es war, als hätte jemand einen Schalter umgelegt und Mr. Hyde war wieder der ruhige Dr. Jekyll."

D.J. sah zu Brooks hinüber. Sein Bruder nickte und D.J blickte auf die verschlossene Tür.

„Ich wollte sie nicht allein lassen", krächzte Meg.

„Du hast das gut gemacht." Er deutete zwischen Meg und Adam hin und her. „Ihr beide geht heim. Du brauchst Ruhe."

„Nein." Meg hob ihren Kopf in die Höhe, stand aufrecht da und bewegte sich nicht.

„Meg," sagte Adam leise.

„Nein. Ich werde hier nicht weggehen, bis Charlotte sicher ist."

Adam zuckte mit den Achseln, Brooks presste die Lippen zusammen und D.J. wusste genauso wie seine Brüder, dass diskutieren keinen Sinn machte. „Okay, aber beweg dich nicht. Reed braucht nicht noch mehr Arbeit."

„Chef?" Reed trat an ihn heran. „Dein Vater, hat das Essen gebracht, um das du gebeten hast."

„Gut."

Reed streckte eine von zwei Tüten aus. „Abbie hat auch Root-Beer eingepackt. Sie sagte, das mag Jake am liebsten."

„Perfekt." D.J. nickte.

„Sie hat auch noch Dessert eingepackt. Und mir aufgetragen, dir auszurichten, dass Jake sein Root-Beer kalt und seinen Kuchen heiß mag.“

„Das ist mein Mädchen.“ Alles, um die wilde Bestie zu beschwichtigen. *Gott schütze Abbie.* Ihr Beitrag zu der Sache war fast genug, um D.J. zum Lächeln zu bringen. Stark und klug – zwei Worte, die immer auf Abbie zutrafen. Er konnte darauf vertrauen, dass sie in einer Krise die Ruhe behielt.

Reed, der einzige andere Polizist, der D.J.s Verbindung zu Abbie verstand, nickte.

Da er nun wusste, dass Meg in guten Händen war, und seine Officers ihm den Rücken freihalten würden, ging D.J. näher an die Glastür heran. Jedes bisschen Normalität könnte jetzt helfen. *Komm schon, antworte.*

„Was jetzt?“

„Ich habe etwas zu Essen, Jake. Und auch ein paar Flaschen Root-Beer.“

„Root-Beer?“ Jakes Stimme hörte sich kraftlos an.

„Zwei Flaschen.“

Stille.

„Sie sind schön kalt. Leg deine Waffe weg und ich bringe sie dir rein.“

„Nein. Du versuchst, mich auszutricksen.“

„Ich würde nicht einmal daran denken. Machen wir es so. Du behältst die Waffe und lässt Charlotte rauskommen. Ich wette, sie ist auch müde. Sie will vermutlich nach Hause. In ihrem eigenen Bett schlafen.

„Sie bliebt bei mir. Sie hat es versprochen.“

„Okay. Eine Frau sollte an der Seite ihres Mannes sein. Das verstehe ich. Wie wäre es, wenn ich meine Waffe ablege und dir dann das Essen und die Getränke bringe und wir etwas reden.“

Er hörte Jake Charlotte leise fragen, ob sie hungrig war. Die Tiefe der Zuneigung einer misshandelten Frau zu ihrem Peiniger überraschte ihn immer wieder. Das

Telefon musste auf Lautsprecher gewesen sein, da Charlottes Antwort, dass er auch etwas essen musste, laut und deutlich zu verstehen war.

„Nur meine Frau und ich. Stell das Essen an die Tür. Wir sind bald fertig."

„Okay." D.J. nickte Reed und Esther zu und beide gingen in Stellung. Gott, wie sehr er sich wünschte, dass Jake vom Essen sprach, doch er wusste, dass ihm bald die Zeit ausgehen würde. Er platzierte die Tüten eine Armlänge von der Tür entfernt auf den Boden und ging wieder auf seine vorherige Position. „Das Essen ist an der Tür. Das Root-Beer auch. Ich bin wieder weg. Alles deins."

Die nächsten Sekunden liefen in synchronisierter Präzision ab. Da Jake die Tür weiter öffnen musste, um die zwei Tüten zu erreichen, hatte D.J. freies Schussfeld. Jakes Pistole war auf die Stelle gerichtet, wo Momente zuvor noch Adam und Meg gestanden waren. Auf D.J.s Stichwort, riss Esther die Tür weit auf, Jakes Arm bewegte sich und D.J. drückte ab. Mit gezogener Waffe eilte Reed an ihm vorbei ins Gebäude und trat geistesgegenwärtig die Waffe des gestürzten Mannes weg, während D.J. Brooks ein Zeichen gab. Charlottes durchdringender Schrei übertönte alles andere. Gott, wie sehr er solche Tage hasste.

Ein Geräusch wie von einer Fehlzündung drang durch das Café. Doch alle in dem Lokal wussten, dass der Knall nichts mit einem Auto, sondern mit der Situation im Futterladen zu tun hatte. Der Nachhall verblasste und alle starrten wie erstarrt aus dem Fenster und erwarteten weitere Schüsse.

Nichts.

„Das ist gut, oder?" Beckys Blick war weiterhin nach draußen gerichtet, auch wenn man nichts hinter der Barrikade erkennen konnte.

„Das hängt davon ab." Abbie klammerte sich fester an ihre Kaffeekanne. „Wenn ein Officer verletzt wäre, würde jetzt die Hölle losbrechen. Ich denke, wir können mit ziemlicher Sicherheit sagen, dass es unseren Leuten gut geht."

Kurz nachdem Sean Farraday mit dem Essen gegangen war, waren Connor und Catherine mit der kleinen Stacey hereingekommen. Fröhlich plappernd und malend hatte das kleine Mädchen den grübelnden Gästen eine weniger ernste Stimmung aufgezwungen. Bis jetzt.

An Beckys Seite entspannten sich Tante Eileens Schultern vor Erleichterung, bevor ihre Augen rund wurden und sie sich zu Abbie umdrehte. „Meg?"

Abbie schüttelte den Kopf. „Ich weiß es nicht, aber wenn du mich nach meiner Meinung frägst, bedeutet der ausbleibende Schusswechsel vermutlich nichts Gutes für Jake. Entweder jemand hat ihn neutralisiert ..."

„Oder er hat sich erschossen", sagte Kelly leise. „Arme Charlotte."

„Das würde ich so nicht sagen, ihr Leben mit dem Mann muss die Hölle auf Erden gewesen sein." Tante Eileen zeigte auf die Straße. „Sieht so aus, als würde etwas passieren."

Alle Augen wandten sich dem Geschehen auf der Main Street zu. Niemand wagte es, ein Wort zu sagen, bis das Blaulicht eines der Streifenwagen mit heulender Sirene und Brooks Auto im Schlepptau die Straße hinunterraste. Was sich Abbie nicht erschloss, war, ob die Verletzung so lebensbedrohlich war, dass sie auf dem Weg zu einem Helikopter waren, der Jake nach Butler Springs bringen sollte, oder ob die Verletzung leicht genug war, dass die lange Fahrt eine Option war.

Keine der Optionen gefiel Abbie.

„Bist du in Ordnung?" Frank tauchte so leise wie ein Navy-SEAL in der Finsternis der Nacht neben ihr auf.

Abbie nickte. Sie hatte sich beschäftigt. Sich zu beschäftigen half, die Erinnerungen auszublenden und in Schach zu halten. „Besser als ich gedacht hätte."

Franks Blick wanderte von ihrem Kopf bis zu ihren Zehen, um den Zustand seiner Chefin einzuschätzen. „Das sagt mir nicht viel."

Die Sorge in seinem Blick gab Abbie einen Grund zu lächeln. Viele Leute sorgten sich hier in Tuckers Bluff um sie. Leute, die ihr etwas bedeuteten. „Ich bin okay. Und du", sie hob ihr Kinn und zeigte in Richtung Küche, „musst weiter Kochen. Ich vermute, wir werden zum Abendessen viel Kundschaft haben."

Franke nahm sich noch eine Sekunde und zuckte dann mit den Achseln, bevor er ihr den Rücken zukehrte und murmelte: „Sklaventreiberin."

Das ließ Abbie noch mehr lächeln. Tuckers Bluff war ein Ort, den man guten Gewissens Zuhause nennen konnte, egal was gerade auf der Main Street abgelaufen war.

KAPITEL ZEHN

„**M**ehr Tee?", fragte Toni.

Becky schüttelte den Kopf. Wenn sie noch eine Tasse trank, würde sie die Main Street hinunterschwimmen. Ihr Plan, mit Brittany nach Hause zu gehen und auf D.J. zu warten, war schon vor Stunden von Tante Eileen vereitelt worden.

Nachdem die anfängliche Aufregung wegen des Schusswechsels sich etwas gelegt hatte, waren Toni und Donna, eine der Kellnerin des Cafés, zusammen mit Donnas Baby ins Silver Spurs gekommen. Toni hatte Donna zu ihrem Arzttermin nach Butler Springs begleitet, um sich den Geburtshelfer anzusehen. Gott sei Dank war Toni während der anstrengendsten Augenblicke nicht in der Stadt gewesen. Sie war schon so kreidebleich geworden, als Tante Eileen ihr erzählt hatte, was geschehen war. Wenig überraschend für alle, hatte Meg darauf bestanden, mit Charlotte ins Krankenhaus zu fahren und natürlich hatte Adam seine Frau nicht alleinlassen wollen.

Nachdem sich die Unterhaltungen und die Aktivitäten im Silver Spurs wieder etwas normalisiert hatten, waren Connor und Stacey mit Finn zurück zur Ranch gefahren. Die beiden Männer hätten hier sowieso nicht viel tun können, außer herumzustehen. Connor wollte Stacey nach Hause bringen, für den Fall, dass einer der uniformierten Polizisten hier auftauchen würde. Und Finn war einfach froh, sich wieder an die

Arbeit machen zu können, nachdem er sicher war, dass es allen gut ging.

Sean Farraday hatte alle informiert und gewartet, bis die Blockade beseitigt war, bevor er in seinen Truck stieg und sich ebenfalls nach Buttler Springs aufmachte. Adam, Meg und Charlotte, waren mit D.J. im Streifenwagen mitgefahren. Sean war der Einzige, der realisiert hatte, dass Adam und Meg eine Mitfahrgelegenheit nach Hause brauchen würden, da weder für Brooks noch für D.J. abzusehen war, wann ihre Arbeit erledigt dort sein würde.

Nachdem sie Connor einen Abschiedskuss gegeben hatte, der einem Hollywood-Drama würdig gewesen wäre, war Catherine hiergeblieben, um irgendwann Tante Eileen nach Hause zu fahren. Basierend auf ihren Verlusten in der Vergangenheit, war es keine Über-raschung, dass sie und Connor den Wert geliebter Menschen mehr als andere verstanden.

Da Tante Eileen es vorgezogen hatte, in der Stadt zu bleiben und darauf zu warten, bis der Rest ihrer Jungs aus Butler Springs zurückkam, war der Farraday-Clan ins Bed-and-Breakfast umgezogen, sodass Toni sich um Megs Gäste kümmern und sie gemeinsam auf Neuigkeiten warten konnten. Die Art, wie Tante Eileen ihre Neffen für gewöhnlich als ihre Jungs bezeichnete, brachte Becky immer zum Kichern. Erwachsene Männer, so groß wie Bäume, und sie würden immer die Jungs von Tante Eileen sein.

Die Unterhaltung kam zur Ruhe, als ein Truck in die Auffahrt bog. Es war fast eine Stunde her, seit D.J. angerufen hatte, um Becky wissen zu lassen, dass er auf dem Weg zurück wäre. Eine Tür nach der anderen schlug zu, dann ertönten weitere Motorgeräusche und weitere Autotüren waren zu hören. Becky hielt ihren Blick auf die Küchentür von Megs und Adams altem viktorianischen Bed-and-Breakfast gerichtet. Mit dem

Arm um Meg gelegt, kamen Adam und sie als erste durch die Tür. Danach D.J. gefolgt von seinem Vater.

„Okay", Catherine blickte Meg an, „ich denke, es ist Zeit, die Teekanne wegzustellen und den Korkenzieher zu holen. Rot oder weiß?"

„Weiß", antwortete Meg unverzüglich.

„Noch jemand?" Catherine blickte sich im Raum um.

„Ich nehme einen Scotch", sagte Sean Farraday von der anderen Seite der riesigen Kücheninsel.

„Ich hole die Flasche." Adam durchquerte die Küche.

Die kleine Brittany war immer noch in einem Alter, in dem sie tagsüber meist schlief. Obwohl sie eigentlich als Dekoration angeschafft worden war, erfüllte die antike Wiege im Wohnzimmer für ein Baby von Brittanys Größe immer noch ihren Zweck. Dort fand Becky D.J..

„Bist du in Ordnung?", fragte sie.

Das kleine Ding anblickend nickte D.J..

„Ist Brooks noch im Krankenhaus?"

„Ja." D.J. starrte weiter auf Brittany hinab. „Ich habe Jake an der Schulter getroffen. Nichts Ernstes, aber er musste trotzdem operiert werden. Brooks wollte bleiben, bis er aufwacht. Er hat noch ein paar Tests angeordnet."

„Was wird mit ihm passieren?"

„Das liegt jetzt in den Händen des Countys." D.J. hob seinen Blick zur Decke und atmete langsam aus. „Charlotte entschuldigte sich ständig für ihren Ehemann. Ich kann nicht verstehen, wie sie nach dem, was er getan hat, immer noch zu ihm halten kann."

„Vielleicht ist das, was er getan hat, der Grund dafür, dass sie zu ihm hält."

D.J.s Kopf drehte sich und sein stählerner Blick landete auf ihr. „Der Mann hätte sie töten können …

und Meg.“

„Ich weiß.“

„Würdest du bei so einem Mann bleiben?“

Sie brauchte eine Sekunde, sich vorzustellen, was sie tun würde, wenn Ethan als anderer Mann nach Hause kommen und eine Bedrohung für sie und die Menschen sein würde, die ihn liebten. „Ich weiß es wirklich nicht.“

„Ich verstehe es nicht.“ D.J. trat von der Wiege zurück und drehte sich dann zu ihr. „Du denkst an Ethan, nicht wahr?“

Ihr Kopf wackelte auf und ab. „Krieg stellt schreckliche Dinge mit einigen Menschen an.“

Dieses Mal neigte sich D.J.s Kinn zustimmend, bevor er sich wieder zu dem immer noch schlafenden Baby umdrehte und den Kampfschrei der Marines murmelte: „Hoorah.“

„Was macht dir wirklich Sorgen?“, wagte sie zu fragen.

D.J. machte einen Schritt zurück. „Alles und nichts.“

„Das ist ganz schön viel.“

„Ja, ist es.“ Er verlagerte sein Gewicht von einem Bein aufs andere, während er sich mit der Hand den Nacken rieb. „Ich dachte, ich hätte das alles in Dallas zurückgelassen, aber die Scheiße verfolgt einen, egal was man macht.“

Sie hatte keine Ahnung, was sie darauf antworten sollte.

„In dieser Minute sitzt Charlotte pflichtbewusst am Bett ihres Ehemanns. Ihre Schwester aus Houston neben ihr. Charlotte will, dass er gesund wird und mit ihr nach Hause kommt und ihre Schwester will ihn im Gefängnis sehen.“

„Und du?“

„Ich denke immer wieder an den netten Jungen,

den ich aus der Schule kannte, und versuche ihn mir im Gefängnis vorzustellen." D.J. schüttelte den Kopf. „Vielleicht habe ich ihm keinen Gefallen getan, indem ich auf seine Schulter gezielt habe."

Der Schmerz in seinen Augen zog Becky an. Sie stoppte neben ihm und ihre Finger fielen auf seinen Arm. „Du kannst die Welt nicht reparieren. Niemand von uns kann das."

Seine Augen blickten in ihre und sie fühlte eine Energie zwischen ihnen aufsteigen. Sein Blick fiel auf ihre Finger an seinem Arm und sie löste sie, als sie diese unerwartete Hitze spürte.

„Wollt ihr den ganzen Tag hier draußen bleiben?", fragte Toni als sie in den Raum kam. „Ich kann nicht glauben, dass ich auch bald so ein kleines Etwas haben werde."

D.J.s Blick hob sich langsam wieder zu Beckys Augen und verweilte einen langen Moment dort, bevor er zurücktrat und sich lachend zu seiner Schwägerin umdrehte. „Ich kann nicht glauben, dass mein Bruder bald so ein kleines Etwas haben wird."

Das Lächeln, das Tonis Lippen zierte, reichte nicht ganz bis zu ihren Augen. Becky wusste nicht alles über die Geschichte von Brooks und Toni und ihren verstorbenen Ehemann und die schnelle Hochzeit und die noch immer nicht offiziell verkündete Schwangerschaft, aber was auch immer es war, Becky war sich sicher, diese Geschichte war der Grund für dieses vorsichtige Lächeln.

Immer noch die Wärme seiner Haut an ihren Fingerspitzen fühlend, ballte Becky die Fäuste und blickte mit einem gezwungenen Lächeln zu Toni. „Zumindest übt Brooks Windelwechseln."

Tonis Lachen brach die Anspannung, die über dem Raum lag. „Oh, ich hoffe er lernt es schnell!"

„Das wird er", sagte Becky, „wir lassen ihn noch

einmal mit Brittany üben, bevor wir nach Hause gehen."

„Klingt nach einem Plan." Tonis Handy klingelte und als sie aufs Display blickte, leuchtete ihr Gesicht auf. „Wenn man vom Teufel spricht." Sie hob das Handy und nahm den Anruf ab, während sie in den Gang ging.

Beckys Blick folgte Toni. „Sie sind wirklich glücklich, nicht wahr?"

„Ja. Das sind sie", stimmte D.J. zu.

Plötzlich fingen alle Farraday-Männer an, überraschend schnell von der Liste der begehrten Junggesellen der Stadt zu verschwinden. Vielleicht war etwas im Wasser?

D.J. liebte seine Familie. Das tat er wirklich. Aber heute Abend konnte er nicht schnell genug von den vielen Menschen und den Fragen wegkommen. Wenn er seine Unterstützung nicht einer couragierten Frau und einem ausgesetzten Baby versprochen hätte, hätte er sich hinter seinem Schreibtisch verkrochen und wäre den Berg an Papierkram und Bürokratie angegangen, der folgte, wenn ein Officer im Dienst seine Waffe abfeuerte. Doch stattdessen erklomm er mit einem Babykorb die Treppe zum ehemaligen Apartment seines Bruders.

„Ich sollte dir einen Schlüssel geben." Becky huschte an ihm vorbei zur Eingangstür.

Der Gedanke überraschte D.J.. Er war nur Gast. Ein Schlüssel würde etwas Dauerhaftes bedeuten. Seine Gedanken schossen in alle möglichen Richtungen, als er auf das schlafende Baby hinabblickte. Wie lange noch, bis die DNS-Resultate zurückkamen? Was würde passieren, wenn sie da waren? Was würde er tun, wenn dieses kleine Mädchen seine Nichte war? Was, wenn nicht?

Becky drückte die Tür auf und trat ein. „Trautes Heim, Glück allein."

Erneut überraschten ihn ihre Worte. Trautes Heim? So etwas hatte er nicht mehr gehört, seit er die Ranch verlassen hatte. Ja, er hatte einen Ort, wo er seinen Hintern parken und fernsehschauen oder ins Bett kriechen konnte, wenn er nicht auf dem Revier schlief, aber ein richtiges Zuhause?

Becky hängte ihre Schlüssel an einen Haken neben der Tür und drehte sich um. „Ich nehme an, wir lassen sie einfach im Körbchen, bis sie aufwacht, wenn sie Hunger hat."

„Du nimmst an?" D.J. war bis jetzt Beckys Führung gefolgt. Sie hatte so sicher darin gewirkt, sich um das Baby zu kümmern. Als hätte sie bereits eine ganze Herde großgezogen.

Becky zuckte mit den Achseln. „Hey, durch Babysitten lernt man nicht alles."

Da ihn noch nie in seinem Leben jemand gebeten hatte, auf ein Baby aufzupassen, war sie ihm in der Kindererziehung um Längen voraus. „Wo soll ich sie hinstellen?"

„Ich nehme an", sie grinste, bevor sie wegblickte, „das Schlafzimmer wäre gut."

„Dann also Schlafzimmer." Er hatte den Tragekorb neben der Reise-Krippe abgestellt und lächelte. Farraday oder nicht, was Babys anging, war diese hier ziemlich süß. Er war kaum durch die Tür getreten, als sein Blick auf Beckys Hinterteil fiel, während sie sich gerade mit einer langhalsigen Flasche in der Hand vom Kühlschrank aufrichtete.

„Durstig?"

Es dauerte ein paar Sekunden, bis wieder so viel

Speichel in seinem Mund war, dass er Worte formen konnte. „Das wäre toll. Danke." D.J. setzte sich aufs Sofa, legte seinen Knöchel auf sein Knie und nahm einen großen Schluck. Doch selbst das kühle Gebräu konnte die Hitze in ihm nicht lindern. „Trinkst du nichts?"

Am anderen Ende der Couch griff sie nach der Fernbedienung und schüttelte den Kopf. „Ich bin nie auf den Geschmack für Bier gekommen."

Hatte sie es für jemand anderen im Kühlschrank? War sie wieder mit Ben zusammengekommen? Nein, D.J. hatte ihn und die Lehrerin erst vor Kurzem im Café zu Abend essen gesehen. „Warum hast du Bier im Kühlschrank, wenn du es nicht magst?"

„Weil du es magst."

Sein Fuß fiel mit einem dumpfen Schlag zu Boden. „Was?"

„Nach einem langen Tag auf der Ranch, trinkt ihr alle gern ein Bier? Manchmal auch nach dem Abendessen."

D.J. blinzelte. Sie hatte recht. Immer wenn er Finn und seinen anderen Brüdern auf der Ranch half, tranken sie vor dem Abendessen ein kühles Bier, aber es war schon Ewigkeiten her, dass Becky zum Abendessen auf der Ranch gewesen war. „Daran erinnerst du dich?"

Sie nickte.

Er blickte auf das Etikett. Seine Lieblingsmarke. „Wann hattest du Zeit, das zu holen?"

„Heute Morgen war nicht viel los und als alle Brittany herumreichten, lief ich schnell los und holte ein paar Sachen."

„Wie zum Beispiel mein Lieblingsbier?"

Ihre Wangen bekamen mehr Farbe und sie spielte es herunter: „Ich brauchte auch Eier und Brot."

Und Bier für ihn. Gerade dachte sich D.J., dass es

einfach wäre, sich an so ein Leben zu gewöhnen. Bequeme Couch, kühles Bier, süßes Baby und eine wunderschöne, aufmerksame Frau. D.J. blinzelte. Frau? Sein Blick wanderte wieder zu Becky. Sie war genauso alt wie seine Schwester, also sieben Jahre jünger als er. Als er seinen High-School-Abschluss gemacht hatte, waren sie noch nicht einmal Teenager. Als er von den Marines zurückkam, fühlte er sich hundert Jahre älter als vor seinem Dienst und Becky und Grace waren High-School-Schülerinnen, die über die seltsamsten Dinge lachten. Selbst als er nach Tuckers Bluff zurückkam, um die Position des Polizeichefs zu übernehmen, war Becky für ihn immer noch das süße kleine Mädchen, das mit seiner Schwester herumhing, auch wenn sie zu diesem Zeitpunkt bereist volljährig war. Verdammt, er hatte sie sogar bis vor ein paar Tagen noch als eine weitere kleine Schwester angesehen. Auch ihre Arbeit für Adam hatte sein Bild von dem beherzten kleinen Mädchen, das an Wochenenden ehrenamtlich in der Klinik arbeitete, weil es Tiere so liebte, nur noch mehr bestärkt. Aber in Miss Rebecca Wilson steckte so viel mehr.

Wie hatte er das übersehen? Er hatte immer bemerkt, wie lieb und kompetent und sogar, wie hübsch sie war. Aber erwachsen war sie stark und noch kompetenter. Sie war eine Frau, die die Zügel in die Hand nahm und alles regelte. Die Tiefe ihrer umsorgenden Art ging weit über süße Kätzchen hinaus. Sie nahm hilflose Babys auf und besänftigte von Sorge geplagte Männer, die zu viel Dunkelheit in der Welt gesehen hatten. Sie war wirklich zu einer Wahnsinnsfrau geworden. Eine, die in seinen Bruder verliebt war. Und das war einfach scheiße.

Er nahm einen weiteren tiefen Schluck und zwang sich, seinen Blick von Becky auf den Fernseher zu wenden. Sie zappte durch und stoppte bei einem alten

Filmsender. Sein Kopf ging all die Szenen des Tages noch einmal durch. Zumindest für eine kurze Zeit hatten ihn die Gedanken an Becky davon abgehalten, an Jake und Charlotte und diese furchtbare Situation zu denken. Er hätte es besser wissen sollen. Hätte es kommen sehen sollen. Hätte wissen sollen, dass Jake ein Pulverfass war, das jeder Zeit explodieren – und jemanden mit ins Verderben nehmen – konnte.

Anstatt des leisen Gurgelns, das normalerweise ertönte, wenn Brittany aufwachte, durchdrang ein lautes Jammern den Raum. Er und Becky sprangen auf und stürmten durch die Schlafzimmertür. Mit rotem Kopf und tretenden Füßen, schrie die kleine Brittany sich die Seele aus dem Leib.

„Aber, aber", beruhigte Becky und wiegte das Baby an ihrer Schulter. „Ich wette, es war nur ein böser Traum."

Normalerweise beruhigte sich Brittany etwas, sobald sie jemand hochhob. Selbst wenn sie hungrig oder ungeduldig war kreischte sie nicht so.

„Soll ich ihr Fläschchen holen?" Er wusste, dass es nicht lange her war, seit sie etwas gegessen hatte, aber nichts schien sie so glücklich zu machen, wie ein warmes Fläschchen. Was ihm aber nicht gefiel war die leichte Falte, die sich zwischen Beckys Brauen formte.

„Ich wechsle ihr die Windel. Vielleicht hat sie reingemacht. Eine dreckige Windel will niemand anbehalten."

D.J. nickte. „Ein warmes Fläschchen kommt sofort." Er war noch nicht bereit auf Babyexkremente.

In der Küche machte er sich an die Arbeit und wartete darauf, dass die Schreie aufhörten. Oder zumindest weniger wurden. Doch nichts. Die Flasche war bereit und Becky trug sie durch den ganzen Raum. Doch all das Gurren und Wiegen half nichts.

„Lass mich es versuchen." Er streckte die Arme aus

und Beckys Augenbrauen wanderten hoch auf ihre Stirn. Er konnte ihr die Reaktion nicht übelnehmen, selbst er war etwas überrascht über seine Worte. Sie waren herausgetaumelt, bevor sein Gehirn die Chance gehabt hatte, den Inhalt zu filtern. Wenn Becky es nicht schaffte, Brittany glücklich zu machen, wieso sollte er es dann mehr Glück haben?

„Sicher." Sie reichte ihm das Kind und D.J. fing sofort an, dasselbe Wiegen, Wackeln und Wippen zu vollziehen wie zuvor Becky. Seine Version davon funktionierte auch nicht besser. „Versuch die Flasche", fügte sie hinzu.

Richtig. Die Flasche. Bereits Erleichterung wegen der Aussicht auf ein ruhiges und glückliches Baby verspürend, legte D.J. Brittany in seinen Ellbogen und stupste ihr mit dem Gummisauger der Flasche gegen die Lippen. Doch das ließ sie nur noch lauter schreien, falls das überhaupt noch möglich war, bevor sie einen Strahl cremigen weißen Schleims hochwürgte. Und er dachte, der erste Teil seines Tages war die Hölle gewesen.

Die nächste Stunde zog wie ein Schleier an D.J. vorbei. Er wiegte das Baby. Becky trug es herum. Immer abwechselnd. Nach ein paar Versuchen, Brittany das Fläschchen zu geben, die alle damit geendet hatten, dass sie alles nur wieder ausspuckte, gaben sie diese Idee auf und konzentrierten sich auf Wiegen, Herumtragen und sogar Singen. Offensichtlich schien *You Are My Sunshine* das Lieblingslied des unleidlichen Babys zu sein. D.J. fragte sich, ob es die Melodie war oder weil ihre Mutter ihr das vielleicht vorgesungen hatte. Sein Geist wanderte wieder zu dem Bild von Brittany, als er sie in einer Pappschachtel unter der Bank gefunden hatte, und er entschied sich, dass eine Mutter, die so etwas machte, ihrem Baby vermutlich nicht vorsang.

„Vielleicht sollten wir Brooks anrufen?", schlug er vor, da er sich überfordert und beunruhigt fühlte.

Becky kaute auf ihrer Unterlippe und D.J. überkam der unerwartete Drang, sich zu ihr zu lehnen und seine Lippen darauf zu legen. „Es ist fast Mitternacht."

„Was bringt es, einen Bruder zu haben, der Arzt ist, wenn man ihn nicht mitten in der Nacht anrufen kann?"

„Ich hasse es einfach, ihn nach so einem Tag wie heute zu nerven, wenn es nur eine ganze normale Baby-Sache ist." Sie biss wieder besorgt auf ihre Unterlippe. „Zumindest kommt es ihr nicht aus beiden Seiten heraus. Ich wette, sobald sie sich wieder beruhigt, ist wieder alles gut."

„Was denkst du ist es?"

Becky schüttelte den Kopf. „Ich bin mir nicht sicher, aber sie scheint endlich eingeschlafen zu sein."

So abgelenkt von ihren Lippen hatte er nicht einmal bemerkt, dass Brittany an seiner Schulter eingeschlafen war. „Ja, vielleicht haben wir das schlimmste hinter uns." Er blickte auf das ruhige Baby und dann zu Becky. „Soll ich versuchen, sie hinzulegen?"

Ohne zu zögern bewegte sich Beckys Kopf von einer Seite zur anderen. „Noch nicht. Lass uns warten, bis sie wirklich weg ist."

Damit konnte er leben.

„Denkst du, die Mutter hat sie deswegen verlassen?", fragte Becky. „Weil sie in der Nacht lärmt?"

„Du meinst heute Nacht. Gestern Nacht war sie ruhig." Nun, zumindest für ein paar Stunden am Stück.

„Stimmt." Becky schüttelte den Kopf. „Ich weiß, dass Frauen ständig Kinder verlassen, aber ich verstehe einfach nicht warum."

D.J. hatte vor langer Zeit gelernt, dass es keinen Sinn machte, zu versuchen, den Lauf der Dinge zu verstehen, aber gerade war er versucht, Becky zuzustimmen.

„Denkst du, Ethan wird versuchen, sie zu finden?" Becky fuhr sanft mit einem Finger über den Arm des Babys.

D.J. brauchte ein paar Sekunden, um zu realisieren, dass Becky von der Mutter sprach und nicht von dem Kind. Er schüttelte den Kopf. „Ich lasse Brooklyn bereits nach ihr suchen. Nur für den Fall."

„Das machst du?" Beckys Augen wurden rund vor Überraschung.

„Sie hat ihre Rechte abgetreten, aber ich will sichergehen, dass alles rechtens ist."

Das Strahlen in Beckys Augen verblasste plötzlich.

„Selbst wenn wir sie finden", fuhr er schnell fort, „bedeutete das nicht, dass Ethan sie unbedingt kontaktieren wird."

„Wer sagt uns, dass er nicht bereits weiß, wie er sie finden kann? Er muss doch sicher eine Nummer haben oder so?"

D.J. blinzelte. Wie sollte er darauf antworten? Wie erklärte man jemandem, der so süß und so lieb wie Becky war, dass es einem Marine auf Heimaturlaub, besonders einem, der in solch einem Höllenloch stationiert war, ziemlich egal ist, wo er sein Ding hineinsteckt. Je hübscher, umso besser, aber nach genügend Alkohol ist selbst das egal. Namen und Nummern gehörten selten zu so einem Arrangement.

„Ich rieche Rauch." Ein kleines Lächeln zog an einer Seite ihres Gesichts.

„Wie bitte?"

„Du denkst zu viel nach. Wenn diese Furche zwischen deinen Augenbrauen noch tiefer wird, dann machst du dir dein Gehirn kaputt."

„Es ist nichts."

„Das glaube ich dir keine Minute." Sie blickte zum

Fenster und dann wieder zu ihm. „Du denkst, ich verstehe es nicht."

„Das habe ich nicht gesagt."

Sie zuckte mit den Achseln. „Das musstest du nicht. Nur weil ich gerne darüber nachdenke, wie Ethans Leben wohl ist, bedeutete das nicht, dass ich die Frauen in jedem Hafen ausblende."

„Das sind Seemänner."

„Du sagst also, dass Ethan ein Beispiel für Tugend ist und dass dieses Kind einfach eine Anomalie ist?"

Verdammt, er wünschte, sie könnten wieder zu Unterhaltungen über Angeln, die Vor- und Nachteile verschiedener Windelmarken oder sogar Jake Thomas zurückkehren.

„So schlimm?" Sie lehnte sich zurück und setzte sich in den Schneidersitz. „Ich stelle mir Ethan immer genau so wie auf seinen Social-Media-Accounts vor. Lächelnd, lachend und mit seinen Kumpeln abhängend. Aber ich weiß, dass er kein Heiliger ist." Ein wissendes Lächeln zierte ihre Lippen. „Keiner von euch Brüdern ist das."

D.J hatte nie behauptet, ein Heiliger zu sein, aber aus irgendeinem Grund, war es ihm so unangenehm, dass Becky völlig normale Beziehungen unter Erwachsenen ansprach, als hätte man ihn als Kind beim Rummachen auf der Familiencouch erwischt.

Ihr Lächeln breitete sich auf beide Wangen aus. „Du bist süß, wenn du rot wirst."

„Danke. Süß war definitiv der Look, auf den ich aus war."

„Declan James Farraday, süß ist ein Kompliment."

Sein Versuch das Zusammenzucken über seinen vollen Namen zu verbergen war vergebens und Becky verdrehte die Augen. „Jedes Mal, wenn Declan und James im selben Satz benutzt werden, bedeutete das immer, dass ich in Schwierigkeiten steckte. Wenn danach Farraday auch noch folgte, konnte das mein letzter Atemzug gewesen sein."

„Ich denke kaum, dass es je so schlimm war. Außerdem", sie zuckte mit den Achseln, „dachte ich immer, D.J. zu nennen wäre eine Verschwendung eines schönen Namens."

Er hatte schon vieles über seinen Namen gehört. Besonders bei den Marines, wo auf Einsätzen mit den Namen von Leuten zu spielen so normal war wie Popcorn im Kino. Er war dankbar, dass einige der weniger schmeichelhaften Namen nicht von Dauer waren. Vier Jahre bei den Marines mit dem Rufnamen Duckland hätte alles geändert. „Danke. Ich persönlich finde, dass Rebecca sehr gut zu dir passt. Es ist ein wirklich schöner Name."

Ein bezaubernder Pink-Ton untermalte Beckys Wangen. Jede Farbe sah schön an ihr aus. Aber zu seinem eigenen Besten musste er diese Gedanken ablegen.

Brittany hatte sich nicht mehr bewegt und er hoffte, dass dies bedeutete, dass sie das Schlimmste hinter sich hatten. „Lass mich mal sehen, ob sie sich hinlegen lässt, damit wir etwas Schlaf bekommen."

Becky nickte und langsam gingen sie ins Schlafzimmer. D.J. gab sein Bestes, das Baby so behutsam wie möglich von seiner Schulter in die Krippe zu legen. Wie erstarrt hielt D.J. den Atem an und wartete auf einen Schrei, falls Brittany nicht vorhatte zu schlafen. Doch als sie keinen Mucks von sich gab trat er erleichtert vom Bettchen zurück. Becky entfernte sich ebenfalls langsam, als Brittany sie umdrehte und loslegte.

„Und es geht wieder los." D.J. hob das kleine Mädchen hoch, legte es an seine Schulter und machte sich wieder daran, sie zu wiegen und sie herumzutragen. Der längste Tag seines Lebens wollte einfach nicht enden.

KAPITEL ELF

ecky hatte Schwierigkeiten, die Augen zu öffnen und ihr Nacken und ihre linke Schulter schmerzten. Sie hatte von einem großen Feld geträumt, auf dem nichts außer einem großen alten Bullen, einem wackeligen neugeborenen Kalb und einem halb nackten Cowboy war. Sie blinzelte wiederholt und langsam verschwand der Nebel in ihrem Kopf. Sie war auf keinem Feld mit einem Bullen oder irgendeinem anderen Tier. Sie war in ihrem Wohnzimmer und lag zusammengekauert auf ihrem Sessel.

Sie sprang auf und blickte zum Schlafzimmer, bevor sie D.J. auf dem Sofa gegenüber erblickte. Er trug immer noch seine Hose, doch hatte sein T-Shirt ausgezogen, nachdem sich Brittany darauf übergeben hatte. Was vermutlich ihren verrückten Traum erklärte. An einem Ende der Couch hing sein Fuß herunter und an der anderen lag sein Kopf in einer unbequemen Position halb auf seiner Brust, halb an der Lehne. Sie würde nicht die Einzige sein, die heute gewaltige Nackenschmerzen haben würde.

Die Schuldige, die für ihren Schlafmangel und die aufreizenden Träume, die Sigmund Freud zum Lachen bringen würden, lag angeschmiegt in D.J.s Arm.

Irgendwann um etwa drei Uhr morgens hatten D.J. und sie Brittany erneut herumgetragen und gewiegt, um sie zum Einschlafen zu bewegen. Danach mussten sie ebenfalls eingenickt sein, da sie sich danach an nichts mehr erinnern konnte.

Jetzt beobachtete sie den sanften Riesen und das kostbare Baby beim Schlafen. Den Großteil ihres Lebens hatte sie sich solche Momente vorgestellt, nur mit Ethan. Dem gutaussehenden Draufgänger, der sein teures Spielzeug abgeben würde, um nach Hause zu kommen und Wurzeln zu schlagen. Nicht dass es ein Spiel war, fürs Militär Missionen zu fliegen. Das war brandgefährlich und das wusste sie. Selbst jetzt wurde ihr flau im Magen, wenn sie daran dachte, dass vermutlich eine dieser Missionen der Grund dafür war, warum Ethan nicht auf die Kontaktversuche seiner Brüder geantwortet hatte. Aber zum ersten Mal, als sie D.J. mit einem schützenden Arm um Brittany, Ethans Baby, schlafen sah, nagten die Umstände an ihrer verzerrten Wahrnehmung der Realität. Wobei Ethans Baby der ausschlaggebende Faktor war. Nie würde sie dumm genug sein, zu denken, Brittany wäre durch jungfräuliche Empfängnis entstanden. Trotz D.J.s verdutztem Blick glaubte sie nicht, dass Ethan das andere Geschlecht mied. Sie versuchte nur nicht, daran zu denken, wie oft er weibliche Gesellschaft wohl genoss. Doch gestern Abend, nach einer Unterhaltung in einem ruhigen Moment und D.J.s einhergehendem Gesichtsausdruck, verstand sie genau, wie viele Frauen vermutlich Teil von Ethans Welt waren. Zumindest auf Heimaturlaub.

Sowohl sie als auch D.J. waren erschöpft von dem Schlafmangel gewesen, als Brittany endlich das erste Mal eingeschlafen war. Irgendwie waren die Worte *Thekenbekanntschaft* und *Abschleppen* ein paarmal zu oft für ihren Geschmack benutzt worden und sie hatte realisiert, dass Tante Eileens Angst davor, wie viele Kinder Ethan gezeugt haben könnte, nicht wirklich so spaßig gemeint gewesen war, wie sie es aufgefasst hatte.

Und das war der Moment, im dem die Realität über ihr hereinbrach. Der nette, süße, charmante Mann, in den sie verliebt war, seit er ihr in der ersten Klasse zu Hilfe geeilt war, hatte vermutlich mit jeder attraktiven willigen Frau geschlafen, die ihm über den Weg gelaufen war. Nun, vielleicht nicht jeder, aber so mitleidsvoll, wie D.J. sie angesehen hatte, war Becky mit jeder wohl nicht so weit von der Wahrheit entfernt.

Um D.J. so viel Schlaf wie möglich zu gönnen, schlich sie leise durchs Zimmer in die Küche. Sie setzte starken Kaffee auf, so wie er ihn mochte, und fügte noch einen extra Löffel hinzu. Sie beide würden es brauchen. Nach ihren Berechnungen hatte das letzte Nickerchen ganze zwei Stunden gedauert, was sich insgesamt zu etwa drei Stunden aufsummierte, falls überhaupt. Von ihrer Position aus, wirkte D.J. wie weggetreten. So sehr, dass sie seinen Puls überprüfen würde, wüsste sie nicht, was sie die Nacht durchgemacht hatten.

Das Klügste wäre, jetzt eine Dusche zu nehmen, solange der Kaffee aufbrühte. Das Problem war nur, dass es ihr sehr schwer fiel, ihre Augen von D.J.s nacktem Oberköper zu nehmen. Dem Mann standen Hemden wirklich gut. Jeder wusste das. Auf mehr als nur einem Mädelsabend, hatten sie sich zum Spaß darüber unterhalten, was für tolle Hintern die Brüder doch hatten. Groß, dunkel und zum Anbeißen waren Worte, die auf jeden Farraday zutrafen, doch das letzte Mal, dass sie einen von ihnen ohne Hemd gesehen hatte, war sie noch ein kleines Mädchen gewesen und die Jungs ziemlich schlaksige Teenager. Junge, hatten diese Brüder sich verändert.

Starke muskulöse Arme hielten Brittany immer noch eng an sich. Stärke, die von harter und anstrengender Arbeit kam. Ein Fleckchen dunkler welliger Haare breitete sich von einem Nippel zum anderen aus. Gerade genug für ein Mädchen, um ihre Finger darin wandern zu lassen. Dieselben dunklen Haare wanderten seinen Oberkörper hinunter, um seinen Bauchnabel und verschwanden in dem V unter seiner Gürtelschnalle. Der Mann wusste definitiv, wie man sexy aussah. Und war sie nicht genauso schlimm, wie diese Thekenbekanntschaften, wenn sie diesen schlafenden Mann auf ihrem Sofa ganz ungeniert anstarrte.

„Morgen." Seine Stimme war leise und rau und ließ die Haare an ihren Armen zu Berge stehen.

Mit weit geöffneten Augen wanderte sein Blick zur Küche. Wie lange war er schon wach gewesen? Hatte er bemerkt, dass sie ihn angestarrt hatte? Seine Brust? Guter Gott, seine … Gürtelschnalle? Obwohl sie sich am liebsten verstecken würde, weil sie beim Gaffen erwischt worden war, sammelte sie ihren Mut zusammen und hoffte, dass sie nicht wie ein tugendhaftes Schulmädchen errötete, während sie leise flüsterte: „Ich mache Kaffee."

Seine Stimme wurde noch leiser. „Gott segne dich."

Sie kicherte. Die schöne Seite an dieser verrückten Situation war, dass sie beim morgendlichen Kaffee, bei den nächtlichen Unterhaltungen und selbst bei alten Filmen die lustige und entspannte Seite von D.J. kennenlernen durfte. Als sie und Grace jünger waren, war er einfach älter. Als er nach seinem Dienst bei den Marines und seiner Arbeit in Dallas wieder nach Hause gekommen war, wirkte er immer wie der ernste Erwachsene. Sie bewunderte seine Einstellung, seinen Einsatz, seine Seriosität, aber sie mochte diese Seite an D.J..

Mit seiner freien Hand Brittanys Hinterkopf stützend, schwang D.J. langsam seine Beine von der

Couch und setzte sich auf.

„Soll ich sie nehmen?" Becky eilte zum Sofa und stellte sich vor ihn.

„Ich muss das Badezimmer aufsuchen."

Nickend nahm sie ihm vorsichtig das Baby ab. Brittany bewegte sich und kurz hatte Becky Angst, dass das Jammern und Heulen wieder losgehen würde, doch das kleine Mädchen kuschelte sich an ihre Schulter und sowohl sie als auch D.J. atmeten hörbar auf.

Mit einem Nicken und einem Lächeln machte er einen Schritt nach vorne und rollte seinen Nacken von einer Seite zur anderen. Sie wusste, sie sollte es nicht tun, doch Becky ließ ihre Augen auf seinem Rücken ruhen, als er durch den Raum ging. Von jedem Blickwinkel aus, sah der Mann einfach gut aus. Und war sie nicht schlimm, weil sie erneut gaffte. Sie musste sich wirklich einen eigenen Mann suchen.

Verdammt. Am Waschbecken im Bad spritzte sich D.J. kaltes Wasser ins Gesicht und atmete mehrmals tief durch. Was er brauchte, war eine lange, eiskalte Dusche. Nie war er so dankbar für die Festigkeit von Jeansstoff gewesen. Als er aus seinem Traum von Becky aufwachte, ertappte er sie dabei, wie sie ihn anstarrte und jeder Zentimeter seines Körpers spürte das Gefühl, wie ihre Augen über ihn glitten, fast so als wären es ihre weichen Hände, die ihn berührten. Das Einzige, was sein bestes Stück davon abgehalten hatte, stramm zu stehen, war das Wissen, dass, auch wenn ihr Blick auf ihn gerichtet war, ihre Gedanken doch bei Ethan sein mussten. Ethan und seinem Baby.

Außerdem war gerade nicht der Zeitpunkt, sich von einer Frau ablenken zu lassen. Besonders nicht von dieser Frau. Er hatte wegen dem Schusswechsel mit Jake Thomas einen üblen Tag vor sich. Außerdem musste er wegen den DNS-Proben nachhaken und sich um ein krankes Baby kümmern. Von all diesen Dingen hatte Brittany oberste Priorität. Nachdem er sich die Zähne geputzt und seine Gürtelschnalle festgemacht hatte, blickte er auf seine nackte Brust. Gestern Nacht hatte Brittany die wenigen sauberen T-Shirts, die er mitgebracht hatte, verbraucht. Irgendwann würde er heute einen Abstecher in seine Bude machen müssen, um sich neue Klamotten zu holen, sobald sein voller Terminplan es zuließ. Und definitiv einen größeren Vorrat an T-Shirts als er normalerweise brauchte. Nach einer weiteren Minute huschte er ins Schlafzimmer und schnappte sich ein sauberes Uniformhemd. Er knöpfte es immer noch zu, als er in dem kurzen Gang stehenblieb. Becky für das winzige schlafende Baby leise singen zu hören, brach ihm das Herz. Ethan könnte so ein verdammt glücklicher Mistkerl sein, wenn er endlich die Augen öffnen würde, um zu sehen, was direkt vor ihm war. Ein süßes Baby und eine Frau, die nicht fragte, wie dieses Baby hierhergekommen war.

Er zwang seine Füße zum Weitergehen. In D.J.s Berufsfeld dachte er nicht oft an Heim und Herd, aber gerade wirkte es wie ein wunderschöner Traum, eine Frau zu haben, die ihn und sein Baby liebte.

„Also, wie lautet das Urteil?“, fragte Becky.

„Schwer zu sagen.“ Brooks packte seine Medizintasche zusammen. Kurz nach sechs Uhr morgens nach einem Tag und einer Nacht wie gestern aus dem Bett gezerrt zu werden, war nicht seine

Lieblingsbeschäftigung, besonders nicht jetzt, wo Toni eng neben ihm schlief. „Leichter Ausschlag, kleinere Hautrötungen und das Übergeben. Ich vermute, dass sie allergisch auf die Babymilch ist, die du gekauft hast."

„Das wusste ich nicht", flüsterte Becky leise und blickte auf das Baby. D.J. hingegen blickte zu Becky. Die Sorge war ihnen beiden ins Gesicht geschrieben. Interessant. Nicht dass es überraschend wäre, dass D.J. sich wegen der Gesundheit eines Babys Sorgen machen würde, doch die Besorgnis in seinen Augen schien eher auf Becky als auf das Baby gerichtet zu sein. Wenn das keine interessante Entwicklung war.

„Also, was machen wir?", fragte D.J.

„Die meisten Kinderallergien werden von einem Protein in Babymilch auf Kuhmilch-Basis verursacht. Ich weiß nicht, welche Babymilch die Schwestern führen. Ihr könntet eine auf Soja-Basis testen. Etwa fünfzehn Prozent der Babys, die an dieser Art von Allergie leiden sind auch auf die Soja-Variante allergisch. Aber zu fünfundachtzig Prozent seid ihr damit auf der sicheren Seite."

„Und wenn sie zu den fünfzehn Prozent gehört?"

„Es gibt noch andere Babymilch-Optionen. Ich habe Probepackungen von zwei verschiedenen in der Klinik, aber ihr müsst vermutlich nach Butler Springs, um euch einen Vorrat zu holen." Er schloss die Tasche. „Gebt ihr erst einmal Wasser, damit ihr Magen voll ist. Ich wette, Sister oder Sissy werden gerne früher für euch aufmachen, wenn ihr sie anruft."

„Danke. Es ist wirklich lieb, dass du so früh vorbeigekommen bist."

Brooks lachte. Hausbesuche würde er in Dallas nicht machen, doch er würde sein Leben hier für nichts aufgeben, abgesehen von einem Heilmittel für Krebs. „Wartet nächstes Mal nicht bis zum Morgen mit dem Anruf."

D.J. streckte die Arme aus und Becky reichte ihm das Baby. Niemand sagte ein Wort. D.J. tätschelte Brittany den Rücken und ging mit ihr in die Küche, während Becky sich zur Tür drehte. Brooks brauchte ein paar Sekunden, um seine Gedanken zu sammeln und Becky zu folgen. Er waren erst ein paar Nächte und die beiden hatten schon eine nahtlose Routine, die keiner verbalen Kommunikation mehr bedurfte. Oh ja, das wurde verdammt interessant.

KAPITEL ZWÖLF

„**B**ecky, schlaf ein wenig. Das ist ein Befehl." Adam warf eine Akte auf den Tresen und schüttelte den Kopf. „Ernsthaft, du siehst aus, als würdest du für The Walking Dead vorsprechen. Wir schaffen das hier schon."

Mehr als einmal war Becky heute Morgen an ihrem Schreibtisch eingedöst, nur um vom Gewicht ihres eigenen Kopfes wieder geweckt zu werden. Mindestens zweimal hatte sie Adam die falsche Patientenakte gegeben. Wie sie eine alternde Katze namens Gertrude mit einem jungen Hund namens Max verwechseln konnte, wusste sie nicht. Auch waren die Nummern, Buchstaben oder Aktennummern nicht einmal ähnlich.

Bis jetzt schien Brittany die neue Babymilch zu vertragen, doch Becky hatte Kelly und die Labortechniker abwechselnd das Füttern übernehmen lassen, da sie Angst hatte sie könnte das Arme Ding fallen lassen.

„Siehst du, du bist sogar zu müde, um zu antworten." Adam drängte sie weiter.

„Das Baby –"

„Wird gut versorgt. Vermutlich sogar verzogen. Also, geh."

„Du bist der Boss." Die Worte, die ihre Lippen verließen, klangen eher nach etwas wie *Dube Bos*, doch Adam bemerkte es entweder nicht oder es war ihm egal. Jetzt musste sie nur noch einen Fuß vor den anderen setzten und die Treppe erklimmen. Noch nie hatte sich der Gedanke an ein Bett so wundervoll angefühlt. Sie hatte keine Ahnung, wie Eltern jeden Tag leben und arbeiten und Kinder erziehen – mehr als eines – konnten, doch sie war mehr als bereit, Brittany ihren Vollzeiteltern zu übergeben. Auf halben Weg zur Eingangstür machte sie eine Pause neben der tragbaren Krippe, um nach dem schlafenden Baby zu sehen. Oder auch nicht.

„Mir gefällt das nicht." Reed stand neben D.J. in seinem Büro.

„Es muss dir nicht gefallen. Es ist, was es ist." Standardverfahren. Alle Schusswechsel, bei denen Polizisten beteiligt waren, mussten untersucht werden, egal ob in fernen Teilen von West-Texas oder in verrückten Metropolen wie Dallas. Eine einstweilige Beurlaubung war meistens unumgänglich. Im Falle eines Reviers so große wie das von Tuckers Bluff, würde D.J. Schreibtischdienst leisten. „Außerdem ist es nicht so, als würde ich nicht sowieso die meiste Zeit in diesem Stuhl verbringen."

„Gestern hast du das nicht." Reed stand mit hinter dem Rücken verschränkten Händen da. Manche Gewohnheiten aus dem Militärdienst waren nicht leicht abzulegen.

„Weshalb wir darauf warten, bis ein Ermittler seine Freigabe erteilt." D.J. hasste diesen Teil seiner Arbeit, aber er würde es seinem Kollegen nicht zeigen. Zu warten, ob man seinen Job behielt oder Dank eines sturen Staatsanwalts und der Agenda der Medien vor Gericht musste. Zumindest würde hier so etwas nicht passieren. Der Vorfall war eindeutig und es gab für alles Zeugen. Doch trotzdem würde das ganze seine Zeit dauern. Hoffentlich nicht zu lange.

Reed verlagerte sein Gewicht und seine Haltung entspannte sich. „Weißt du, wie lange es dauern wird?"

„Ein paar Tage. Ein paar Wochen. Wer weiß." D.J. hörte die Frustration in seiner Stimme und zwang sich, die Schultern zu entspannen, wodurch ein Teil der Anspannung sofort von ihm abfiel. Nicht dass er hier nicht mehr genügend zu tun hatte. In Dallas wäre er jetzt zuhause und würde den Pflanzen beim Wachsen zusehen. Zumindest konnte er hier den Großteil seines Jobs immer noch erledigen. Der einzige Unterschied war, dass Reed die Entscheidungen treffen müsste, falls zum zweiten Mal in Jahrzehnten die Hölle losbrach. „Ich denke, ich verbringe den Nachmittag damit, Formulare auszufüllen, bis mir die Finger abfallen. Hoffentlich geht das alles schnell vorbei."

„Der alte Thomas ist in die Stadt gekommen und hat den Futterladen wieder eröffnet."

Die Anspannung in seinen Schultern war zurück. „Vielleicht wirfst du ein extra Auge auf den Laden. Der Alte wird das Gerede und die Schaulustigen nicht gut aufnehmen." Jetzt wäre vielleicht eine gute Zeit für D.J. eine Bestellung für Finn im Futterladen abzuholen, oder eine aufzugeben, falls nötig. „Schon etwas Neues von Jake und Charlotte?" Das erste, wonach er Brooks heute morgen gefragt hatte, war ein Update über Jake. Stabil war das Einzige, was Brooks gesagt hatte. D.J. war bald mit Adam und Brooks im Café verabredet. Nicht, dass es viel zu berichten gab, aber wenn sie es einrichten konnten, trafen sie sich. Und heute Morgen war dies wirklich nötig. Er drehte sein Handgelenk und sah auf seine Uhr. „Ich bin im Silver Spurs, wenn du Fragen hast." Er machte eine Pause und blickte sich in dem Büro um, das seine Domäne gewesen war, seit er Dallas verlassen hatte. „Der Laden gehört dir."

Reed nickte zähneknirschend.

Ja, Kumpel. D.J. wusste genau, wie der Kerl sich fühlte. Er hatte vor langer Zeit gelernt, dass man nicht alles im Leben kontrollieren konnte, aber gerade wäre es schön, wenn wenigstens eine Sache in seinem Leben so verlief, wie sie sollte.

Normalerweise wäre D.J. in den Streifenwagen gehüpft, um den kurzen Weg vom Revier zum Café zu fahren, doch bis die Ermittlung über den Schusswechsel mit Jake Thomas vorbei war, konnte D.J. keine Polizeiangelegenheiten erledigen, die nicht mit seinem Schreibtisch oder seinem Computer zu tun hatten. Der Streifenwagen war also tabu. Aber die körperliche Betätigung würde ihm gut tun. Er erinnerte sich mit jedem Schritt, den er machte, an diese Kleinigkeit, bis er die Tür des Cafés erreichte.

„Wie geht's meinem Jungen?" Als sie ihn von der anderen Seite des Cafés aus sah, eilte Abbie herüber, um ihn zu begrüßen.

D.J. nickte lediglich. Er und Abbie kannten sich schon sehr lange. Schon bevor sie auf der Suche nach Arbeit – und Seelenfrieden – in diese Stadt gekommen war.

Als sie vor ihm Halt machte, schnappte sich Abbie ein paar Speisekarten und nutzte die Zeit, sein Gesicht zu studieren. Da niemand in Tuckers Bluff die Speisekarte las, weil diese nicht geändert wurde, seit Frank hier als Koch angefangen hatte, wusste er, was dass sie Zeit schindete. Schließich musste sie sich entschieden haben, dass er nichts sagen würde, also nickte sie ebenfalls und gab ihm ein Zeichen, ihr zu folgen. „Deine Brüder sind hier hinten mit ihren Frauen. Du willst vielleicht meditieren. Toni sieht verdammt wütend aus."

Als er hinüberblickte, wusste D.J. nicht, ob er lachen oder sich umdrehen und davonlaufen sollte. Er war sich sicher, dass jede Sekunde Feuer aus Tonis Nase und Rauch aus ihren Ohren kommen würde. „Was hat sie so verärgert?"

„Was verärgert Frauen? Geld und Männer. Tödliche Kombination." Sie drückte ihm eine Speisekarte in die Hand und zeigte auf den Tisch, dann lächelte sie und wandte sich wieder ihren anderen Gästen zu.

Jetzt wo er nahe genug war, um das Weiß in den Augen aller erkennen zu können, war er sich fast sicher, dass er Fersengeld geben sollte. Einen Streit könnte er nicht gewinnen, wenn es Frauen gegen Männer hieß, wonach es gerade aussah. Sicherlich hatte Brooks erst von ihren Eltern und dann Tante Eileen gelernt, dass, wenn die Dame des Hauses nicht glücklich ist, niemand glücklich ist. „Soll ich später wiederkommen?" Es war eine feige Frage, doch seine Überlebensinstinkte wollten, dass er den nächsten Tag noch erlebte.

„Nein", erhoben sich vier Stimmen gegen ihn.

Er schnappte sich einen Stuhl von einem Tisch und zog ihn heran. „Will ich wissen, warum ihr alle ausseht, als hätte man euch Steine unters Essen gemischt?"

„Dein Bruder ist so ein Sturschädel." Toni verschränkte die Arme und lehnte sich in ihren Stuhl zurück. Das war das erste Mal, dass D.J. diese beiden anders als glücklich erlebte.

„Ich bin nicht stur. Es ist nicht mein Geld."

„Das stimmt." Toni lehnte sich wieder vor. „Es ist jetzt meines und ich kann damit tun, was ich will. Oder zumindest einem Teil davon!"

D.J. blickte nach rechts und links und bemerkte sofort, dass Adam und Meg verdächtig leise waren.

„Sag du es ihr." Brooks deutete mit dem Finger von D.J. auf Toni.

„Ich verweigere die Aussage. Besonders, da ich

keine Ahnung habe, worüber ihr streitet.“

Brooks atmete laut aus. „Nachdem ich heute Morgen von dir und Becky wegging, fuhr ich nach Butler Springs, um nach Jake zu sehen.“

„Was du nicht müsstest, hätten wir eine kleine Klinik in der Stadt.“

„Ich bin kein Chirurg.“

Toni lehnte sich wieder zurück. D.J. konnte an dem Tippen ihrer Finger gegen ihren Ellbogen erkennen, dass ihr das nicht genügte. „Aber bei einem Notfall hättest du es tun können, nicht wahr?“

Ein weiteres tiefes Seufzen entkam D.J.s Bruder. „Ja.“

„Und wenn die Stadt eine Klinik hätte, hättest du dieses MRT von Jake früher gemacht, nicht wahr?“

„Das kann man nicht sagen.“ Brooks schüttelte den Kopf. „Vielleicht hätte es keinen Unterschied gemacht.“

„Okay, da stimme ich zu, aber es wäre jetzt einfacher für alle, inklusive Charlotte, wenn Jake hier untersucht werden würde.“

„Untersucht?“, fragte D.J..

„Wir haben heute Morgen ein MRT gemacht. Ich habe vermutet, dass ein physisches Problem bei Jake vorliegt, aber konnte ihn nicht dazu bewegen, nach Butler Springs zu fahren.“

„Und …?“, drängte Meg und meldete sich damit zum ersten Mal nach D.J.s Ankunft zu Wort.

Brooks fuhr mit zwei Fingern über seine Schläfe. Erschöpfung zeichnete sich auf seinem Gesicht ab.

„Du weißt, dass Charlotte es uns sowieso sagen wird, wenn wir heute Nachmittag zu ihr fahren“, beharrte Meg.

„Du hast schon vom Patientengeheimnis gehört, oder?“ Brooks ließ seine Hand herunterfallen.

„Oh, um Gottes Willen, wir werden dich schon

nicht melden, genauso wenig wie Charlotte", schnaubte Toni.

Brooks drehte sich zu D.J.. „Du wirst auch bald davon hören."

D.J. erwähnte nicht, dass er gerade etwas weiter unten in der Kommandostruktur war als noch gestern.

„Jake hat einen Gehirntumor. Basierend auf Größe und Lage könnte er die Gewaltausbrüche erklären."

„Operabel?", fragte Adam.

„Ich bin kein Gehirnchirurg –"

Toni presste die Lippen zusammen, als sie ihren Ehemann finster anblickte. Es war für alle am Tisch offensichtlich, dass, wenn es nach ihr ging, ihr Mann über Wasser wandeln und jede Operation mit gefesselten Armen durchführen konnte.

„– aber meine Vermutung ist ja. Und bevor du fragst, wenn der Tumor der Grund für Jakes Wut ist, dann könnte er wieder normal werden."

„Nun, das wäre super." Meg nickte und der Hauch eines Lächelns zierte ihre Lippen.

„Was mich wieder zu einer Klinik hier in Tuckers Bluff bringt." Tonis Gesichtsausdruck wurde sanfter. „Wenn jemand anderes anbieten würde, das Gebäude zu finanzieren, würdest du sofort zusagen."

Dieses Mal verkrampfte sich Brooks' Kiefer und D.J. wusste, dass Toni einen Nerv getroffen hatte.

„Okay, ich riskiere vielleicht gerade mein Leben. Worüber genau streitet ihr?", fragte D.J..

Toni drehte sich zu ihm um. „Williams Lebensversicherung ist eingegangen. Ich will etwas Geld für die Collegegebühren für das Baby beiseitelegen, aber mit dem Rest will ich einen Fond für die Klinik ins Leben rufen."

Jetzt verstand D.J.. Er blickte Brooks direkt an. „Wenn das Geld von irgendjemand anderem in der Stadt käme, was würdest du dann sagen?" Verdammt einfache Frage, doch sie musste von jemand anderem gestellt werden als der Person, die das Geld anbot.

Brooks blickte über den Tisch zu Adam. Der älteste Farraday-Bruder zuckte mit den Achseln. Meg tat dasselbe, als Brooks' Blick durch die Runde wanderte. „Ich denke, ich würde anfangen, nach einem Grundstück zu suchen."

„Und das wäre mein anderes Argument." Toni nahm einen Schluck Wasser. „Ich bin heute Morgen vor dem Cut and Curl Mrs. Rogers in die Arme gelaufen. Sie hat erwähnt, dass Mr. Rogers nach dem gestrigen Tag seinen Ruhestand nicht mehr aufschieben möchte und an einen Ort ziehen will, an dem es das ganze Jahr über warm ist und es für alte Leute mehr zu tun gibt, als auf der Veranda zu sitzen und zuzuhören, wie die Arterien verkalken."

Meg drehte sich zu Adam. „Welches Haus gehört den Rogers?"

„Das Haus aus dem Sezessionskrieg gleich außerhalb der Stadt." Adam blickte zu Brooks und dachte vermutlich genau dasselbe wie D.J.. Das alte Gebäude würde ein großartiges Kleinstadtkrankenhaus abgeben.

„Eigentlich", sagte Toni, ist die Ziegelbauweise eher gregorianisch, aber wahrscheinlich wurde es während des Sezessionskriegs erbaut."

Alle Köpfe drehten sich zu Toni.

„Hey", Toni zuckte entspannt mit den Schultern, „ich habe ein paar Vorlesungen über historische Architektur besucht, damit mein Kopf von der ganzen Mathematik nicht explodiert."

Meg schüttelte den Kopf und schielte verwirrt. „Braucht man denn nicht auch Mathematik für Architektur?"

„Nicht dieselbe Mathematik wie für Buchhaltung. Architektur macht viel mehr Spaß." Toni rieb sich die

Hände und lächelte. „Also, habe ich recht oder habe ich recht?"

D.J. blickte zu seinem Bruder und verschränkte grinsend die Arme. Links neben ihm konnte er sehen, dass Adam dasselbe machte. Der Arme Brooks war in der Unterzahl. Und sobald Tante Eileen herausfand, was Toni machen wollte, würde ein großes Holzschild mit einem roten Thermometer in der Stadt stehen, an dem jeder ablesen konnte, wie viele Spenden bereits gesammelt wurden, bevor Brooks auch nur protestieren konnte. Ja, wenn auch einiges in der Farraday-Familie schief lief, wenn es um beherzte Frauen ging, lief alles richtig.

KAPITEL DREIZEHN

Heilige Scheiße ... Vier Stunden. Becky hatte sich geschworen, sie würde sich nur zwanzig Minuten hinlegen. Ein Power-Nap. Sie hatte sich sogar einen Alarm gestellt. Und ihn verschlafen. Sie sprang aus ihrem Bett auf, als würde es in ihrer Wohnung spuken und der Geist der vergangenen Weihnacht wäre hinter ihr her, und suchte nach ihren Schuhen, bevor sie bemerkte, dass sie sich gar nicht die Mühe gemacht hatte, sie auszuziehen.

So verdammt müde war sie in ihr Schlafzimmer geschlurft und auf die Matratze gefallen. Was mussten die anderen nur von ihr denken, weil sie dieses kleine Baby stundenlang allein gelassen hatte? Nun, vielleicht nicht allein, doch sie hatte sich vor ihrer Verantwortung gedrückt. Nach einem kurzen Abstecher ins Badezimmer, um sich den Mund auszuspülen, schnappte sie sich ihre Schlüssel, stürmte zur Tür hinaus und sprintete die Treppe zu Tierklinik hinunter.

Als sie durch die Hintertür trat, wirkte der Laden erstaunlich friedlich für einen Ort, der normalerweise von den Geräuschen verschiedenster Tiere und ihrer Besitzer erfüllt war. Erst als sie die Büros erreichte, dämmerte es ihr. Adam hatte die Nachmittagstermine abgesagt, um sich mit seinen Brüdern zu treffen. Die Labortechniker hatten die Türen zum Zwinger geschlossen und die ganze Belegschaft scharte sich um Brittany. „Hat heute irgendjemand irgendetwas gearbeitet?"

„Nein." Kelly grinste. „Es ist schon fast so, als wäre man Großmutter. Der ganze Spaß, aber keine Verantwortung."

„Wir haben nur dafür gesorgt, dass es hier ruhig ist", fügte Pat, eine der Labortechnikerinnen, hinzu. „Wenn wir nicht hinten sind, dann geben die Tiere im Zwinger Ruhe."

„Ja", sagte Kelly, „aus den Augen, aus dem Sinn."

Hat die Mutter so ihr Baby verlassen? Aus den Augen, aus dem Sinn? „Danke für die Pause. Ich war müder, als ich gedacht hatte."

„Und denk mal nach", Kelly zeigte auf das kleine Ding in Pats Armen, „wie müde du die nächsten Jahre noch wärst, wenn sie dein Baby wäre."

„Nun, das ist sie nicht, also ist das irrelevant." Warum schmerzten diese Worte? Becky hatte es nicht eilig, Kinder zu haben. Wie jedes kleine Mädchen hatte sie als sie aufwuchs von Romantik und der Magie der Liebe geträumt. Sie hatte angenommen, ein paar Jahre mit ihrem Ehemann zu verbringen, bevor sie eine Familie gründeten. Schöne, glückliche Jahre wie Adam und Meg sie hatten. Die vernarrten Blicke ihres Mannes aufzusaugen, dieselben Blicke, die alle der drei ältesten Farraday-Männer ihren Frauen schenkten. Genauso hatte sie sich Ethans Blick vorgestellt, wenn er endlich bemerkte, dass sie nicht nur das magere Mädchen von nebenan war. Doch sich um Brittany zu kümmern musste sie mehr ausgelaugt haben, als sie realisiert hatte. Die Träume und Visionen von ihr und Ethan waren verschwommen und vernebelt und fühlten sich an, als würden sie entschwinden.

Aber andererseits, wie konnte sie etwas verlieren, das sie nie gehabt hatte?

„Charlotte und ihr Schwester übernachten in einem Motel, aber wir haben versprochen, dass wir heute vorbeikommen." An der Ecke des Tisches stehend, lehnte sich Toni zu ihrem Ehemann und gab ihm einen Kuss. Ihre Augen suchten die seinen und sie lächelte als sie die Liebe sah, die sich darin widerspiegelte. Verdammt, jeder, der den Kerl ansah, konnte sehen, wie sehr er seine Frau vergötterte, obwohl sie ihn gerade bei einer Meinungsverschiedenheit in die Schranken gewiesen hatte.

„Wir wollten eigentlich früher los." Meg küsste ihren Ehemann sanft auf die Lippen. „Sieht so aus, als würden wir mit Charlotte in Butler Springs zu Abend essen. Kommst du allein zurecht?"

Adam nickte und zog sie, um das Maß vollzumachen, in seine Arme, um sie etwas leidenschaftlicher zu küssen.

D.J. hustete. „Nur zur Erinnerung, es sind auch noch andere Leute im Café."

Meg legte ihre Stirn noch eine Sekunde an die von Adam und gab D.J einen Klaps auf die Schulter, als sie an ihm vorbeiging. „Hast du schon darüber nachgedacht, dir vielleicht ein eigenes Mädchen zuzulegen? Du weißt, du wirst nicht jünger."

Das geschah ihm recht. Aber ein eigenes Mädchen kam ihm zurzeit öfter in den Sinn, als ihm lieb war. Da er nicht über seinen Schreibtischdienst oder die bevorstehende Ermittlung oder darüber reden wollte, wie die jüngste Entdeckung dieses ganze Chaos beeinflussen könnte, entschied sich D.J. dazu, über die andere Sache in ihrem Leben zu reden.

„Brooklyn hat mir eine E-Mail mit der Bestätigung, dass das Labor die Proben empfangen hat, weitergeleitet. Es kann also losgehen."

„Wie lange dauert es, bis wir die Resultate bekommen?", fragte Adam.

„Brooklyn sagt, wir könnten sie mit Glück schon morgen haben."

Brooks pfiff. „Oh, dieser Kerl hat entweder richtig gute Verbindungen, oder er lügt wie gedruckt."

„Ich tippe stark auf die Verbindungen. Ich bin mir ziemlich sicher, dass wir ganz oben auf die Liste gesetzt wurden."

Adam öffnete den Mund, um etwas zu sagen, doch schloss ihn wieder, als er sich im Café umsah. „Lasst uns den Rest der Unterhaltung in meinem Büro fortsetzen", flüsterte er.

Brooks und D.J. nickten und erhoben sich. An der Kasse bezahlten die Brüder ihre Rechnung. D.J. setzte seinen Hut auf und verabschiedete sich von Abbie, indem er ihn antippte, bevor er seinen Brüdern über die Straße zur Tierklinik folgte.

„Weißt du", Adam blickte über die Schulter, als er vorausging, „das Anwesen der Rogers ist zwar nicht in der Stadt, so wie du wolltest, aber du bekommst das Gebäude und das umliegende Grundstück vermutlich zu einem Spottpreis. Und den Rest des Landes kann Larry Rogers an den Höchstbietenden verkaufen."

„Nicht viele Leute wollen so ein altes weitläufiges Haus. Ich wette, die meisten Zimmer sind schon seit Generationen nicht mehr benutzt worden", fügte D.J. hinzu.

„Ich hab's kapiert, Jungs. Ich gebe zu, ich habe auch ein, zwei Mal über dieses Haus nachgedacht, aber hätte nie geglaubt, dass Larry es verkaufen würde."

„Warum nicht?" Adam öffnete die Kliniktür. „Keines seiner Kinder ist ein Rancher. Ich kann mich nicht einmal erinnern, wann ich die ganze Brut das letzte Mal an den Feiertagen gesehen habe."

„Das stimmt." D.J. trat über die Schwelle. „Haben sie nicht letztes Jahr zu Weihnachten eine Kreuzfahrt gemacht?"

„Ja." Brooks nickte. „Und Larry hat sie bezahlt."

„Siehst du." Adam nahm seinen Hut ab. „Ich denke es wird nicht viel kosten."

Als die drei Brüder eingetreten waren, drehte sich der Haufen Frauen am Empfangstresen zu ihnen.

Adam zeigte den Gang hinunter. „Wir sind in meinem Büro."

„Sieht so aus, als verträgt sie die neue Babymilch." Brooks hielt bei Becky an und sah sich das glückliche Baby an.

„Scheint so", sagte Becky, „obwohl ich oben war und geschlafen habe."

Adam lächelte. „Du siehst besser aus."

„Gott, danke." Becky setzte ein freches Lächeln auf und D.J.s Magen machte einen Purzelbaum.

Er musste wirklich seine Reaktionen auf Becky in den Griff bekommen. Ethans Becky. Als er neben ihr stand, bemerkte D.J., dass Brittany wieder Farbe im Gesicht bekommen hatte und ihre Augen klar und aufmerksam wirkten. Gut. Zu sehen, dass das Baby sich wieder besser fühlte, erhellte seinen sonst so beschissenen Tag. Und war das keine unerwartete Wendung. Noch etwas, über das man bei der bevorstehenden Unterhaltung erwähnen konnte.

Im Büro und hinter geschlossenen Türen setzte sich Adam an seinen Schreibtisch. D.J. setzte sich auf einen Besucherstuhl und blickte seinen Bruder an. „Wir wissen, dass Brittany bei Ethan leben sollte, wenn sei eine Farraday ist –"

„Wenn er bereit ist, aus dem Corps auszutreten und zuhause zu bleiben", sagte Adam.

Brooks zuckte mit den Achseln und schüttelte den Kopf. „Viele Soldatinnen und Soldaten haben Familien und sind im Einsatz. Ethan muss nicht austreten, um das Sorgerecht zu bekommen."

„Wir alle wissen, dass egal ob Ethan bleibt oder nicht", D.J. blickte jeden seiner Brüder demonstrativ an, „für Brittany gesorgt ist, wenn sie eine Farraday ist."

Brooks und Adam nickten beide.

„Meine Frage", fuhr er fort, „ist, was wir machen, wenn die Mutter gelogen hat? Was passiert, wenn dieses süße kleine Mädchen, in das sich die ganze Stadt verliebt, nicht von Ethan ist?"

Alle blickten wild umher, bevor Adam sich zurücklehnte und seufzte. „Denkst du wirklich, sie ist nicht von Ethan?"

D.J. schüttelte den Kopf. „Ich weiß es ehrlichgesagt nicht. Ich habe schon einige Informationen über die Mutter. Brooklyn gräbt noch tiefer. Aber sie hat einiges auf dem Kerbholz. Mit fünfzehn wurde sie wegen Ladendiebstahl, Schwarzfahren und wegen Alkoholkonsum festgenommen. Sie ist mit sechzehn von Zuhause weggelaufen. Hat mit siebzehn geheiratet und sich mit achtzehn wieder scheiden lassen. Dann ist sie ein paar Jahre von der Bildfläche verschwunden, bis sie in Kalifornien wieder auftauchte."

„Und dann?", fragte Brooks.

„Ein paar Verstöße wegen Alkohol am Steuer, einige unbezahlte Strafzettel in Chula Vista, in der Nähe von San Diego. Eine Festnahme wegen Drogenbesitz, aber keine Verurteilung. Wirklich guter Anwalt."

„Wer hat dafür bezahlt?", fragte Adam.

„Polizeiberichte bieten keine solchen Informationen. Deshalb forscht Brooklyn immer noch nach."

Adam legte seine Ellbogen auf den Tisch. „Was ist mit Familie?"

„Ihre Eltern sind tot. In den Berichten über ihre Jugendvergehen ist eine Tante aufgeführt."

Brooks legte die Fingerspitzen zusammen. „Also denkst du, sie lügt?"

„Ich denke, sie ist die Art Mädchen, die weiß, wie man Spaß hat."

„Und genug Gewissen hat, um sich einen netten Vater auszusuchen?" Adam lehnte sich zurück. „Das passt nicht zusammen."

Brooks nickte seinem älteren Bruder zu. „Auf Landgang ist ein Seemann so nett wie der andere. Der einzige Grund, warum Ethan aus der Menge hervorstechen würde, ist, wenn jemand etwas Internetrecherche betrieben hat."

„Farraday-Ranch", sagten Adam und D.J. im Einklang.

Brooks tippte mit seinem Zeigefinger an seine Nase. „Ding, ding, ding. Jackpot."

„Was uns wieder zum Anfang bringt. Was tun wir, wenn Brittany keine Farraday ist?"

KAPITEL VIERZEHN

Da Brittany zufrieden im Pausenraum schlief, blieb der Belegschaft keine andere Wahl, als sich wieder an die echte Arbeit zu machen. Selbst nach ihrem langen Nickerchen fühlte sich Brittany immer noch so, als wäre sie ohne Atempause einen Marathon gelaufen. Und da D.J., Adam und Brooks sich hinter verschlossenen Türen unterhielten, war es nicht einfach, sich auf ihre gegenwärtige Aufgabe zu konzentrieren. Ein Teil von ihr erwartete, dass Connor und Finn noch auftauchen würden. Ein anderer Teil von ihr fragte sich, ob sie eingeladen werden würde. Natürlich bedeutete die Tatsache, dass sie damals an der Unterhaltung über Brittany beteiligt gewesen war, nicht, dass sie auch jetzt einbezogen werden würde. Aber andererseits nahm sie nur an, dass es bei der Unterhaltung um das Baby ging. Das Treffen könnte über alles gehen, von Connors Geschäftspläne und der Hochzeit bis hin zu der verrückten Situation mit Jake und Charlotte Thomas.

Die Tür zu Adams Büro öffnete sich langsam und Becky blickte sofort hoch.

„Bist du sicher, dass du nicht zum Abendessen mit uns zur Ranch kommen willst?" Brooks, der als erstes herauskam, sprach über die Schulter zu D.J..

„Nein. Ihr wisst, was ich machen würde. Lass mich einfach wissen, was Connor und Finn zu sagen haben."

Brooks nickte und schlug seinem Bruder auf den Rücken. Sie wirkten alle sehr ruhig, fast heiter. Das hieß vermutlich, dass angenehmere Themen besprochen wurden, wie zum Beispiel Connor und seine bald neue Familie.

Adam brach vom Rudel los und blieb neben Kelly stehen. „Ich gehe heute früher. Ich will auf die Ranch. Ihr könnt alle jederzeit Schluss machen."

Mit einem Daumenhoch lächelte Kelly. „Verstanden."

Adam erwiderte das Lächeln, klopfte mit den Fingern auf den Tresen und drehte sich zu Tür.

Nach ein paar weiteren Schläge auf den Rücken entfernte sich D.J. von seinen Brüdern und kam zu Becky herüber. „Ich kümmere mich heute ums Abendessen."

„Es ist in Ordnung, wenn du lieber mit deinen Brüdern auf die Ranch fahren willst." Sie deutete auf Adam und Brooks, die durch die Tür hinausgingen.

„Nein. Ich bleibe in der Stadt."

Becky zögerte einen Augenblick und nickte dann. Er war schon ein großer Junge und durfte tun, was er wollte. „Sobald Brittany aufwacht, komme ich heim."

„Klingt gut." D.J. drückte sich vom Tresen weg. So wie er verweilte, dachte sie, er wollte noch etwas sagen, doch er nickte lediglich und ging dann.

Fast eine Stunde später war Brittany hellwach und unterhielt sich mit süßen Geräuschen und Luftbläschen. Abgesehen von dem Nachttierpfleger, der für die Tiere im Zwinger und die, die sich von einer OP erholten, zuständig war, war Becky die einzige Person, die noch in der Klinik war. Mit der Aussage, sie hätte ein heißes Date, flüchtete Kelly nur wenige Momente, nachdem ihr Boss die Praxis verlassen hatte. Ihre kurvige Freundin hatte einen Kerl kennengelernt, als sie das letzte Mal an einem Mädelsabend ins Boot 'n' Scoots gefahren waren, und scheinbar lief es gut. Als sie aufwuchsen war Kelly, wie Beckys Großmutter es nannte, ansprechend mollig gewesen, Andere hatten weniger schmeichelhafte Worte benutzt. Kelly hatte immer noch ein paar extra Pfunde, doch diese hatten sich in Kurven verwandelt, die mehr als genug Männer sehr zu schätzen schienen. Inklusive dieses neuen Cowboys in ihre Leben. Nun hatte Becky keine Ahnung, mit wem sie an den Samstagabenden abhängen sollte, wenn die Sache zwischen Kelly und ihrem Cowboy ernst wurde. Aber Becky freute sich für ihre Freundin.

Pat, die leitende Labortechnikerin war noch etwas länger geblieben und hatte auf ihre Schichtablösung gewartet, bevor sie nach Hause gegangen war. Allein hatte Becky zusammengepackt und lediglich darauf gewartet, das Brittany aufwachte. „Komm, Süße."

Mit dem Tragekorb unter einem Arm und ihrer Handtasche über der anderen Schulter gab Becky Vollgas. Brittany war ein ziemlich geduldiges Baby. Normalerweise, wenn sie nicht so krank wie ein betrunkener Seemann war, liebte sie es, sich umzusehen und nach allem in der Nähe zu greifen und beschäftigte sich so, bis der Hunger sie heimsuchte. Ihr heutiges entspanntes Verhalten bekräftigte Beckys Vermutung, dass sie das Gröbste des Babymilch-Fiaskos schon hinter sich hatten.

Unterbewusst klammerte sich Becky an die Vorstellung, dass Brittany in der Nacht umso länger schlafen würde, bis sie Hunger hatte, je länger sie sich tagsüber zwischen dem Füttern selbst beschäftigte. Das war nur Spekulation, aber nach zwei Nächten mit nur wenig Schlaf, wirkten solche Spekulationen besonders anziehend.

In der Sekunde, als sie durch die Tür in ihre Wohnung trat, nahm sie das appetitanregende Aroma warmen Essens wahr. „Oh, wow. Du hast nicht gesagt, dass du kochen kannst." Sie trat die Tür hinter sich zu.

„Kann ich auch nicht. Na ja, eigentlich doch, aber das meiste davon kommt vom Grill oder aus einem Topf mit kochendem Wasser."

„Ein Nudel-Mensch also." Sie lachte über seinen gespielten überraschten Gesichtsausdruck und dann flatterte es in ihrem Bauch, als sich ein süßes Lächeln auf seine Lippen setzte.

„Der Mensch lebt nicht nur vom Brot allein und Steak und Spaghetti liebe ich eben."

Ihre Speicheldrüsen sagten ihr, dass das, was auch immer er gekocht hatte, köstlich sein würde. Sie roch erneut und versuchte die bekannten Düfte einzuordnen. „Oh mein Gott, ist das Franks Lasagne?"

„Stimmt." Mit Hummer-Topfhandschuhen an den Händen sah D.J. einfach hinreißend aus. Alles was für den Sexy-Cowboy-in-der-Küche-Look noch fehlte, war eine große Schürze. „Ich habe auch frischen Salat, Knoblauchbrot und Käsekuchen als Nachspeise."

„Oh mein Gott. Ich bin gestorben und im Himmel."

D.J. kicherte. „Ich habe einen Abstecher ins Café gemacht, um Hackbraten zu holen, aber als ich die Tageskarte sah, erinnerte ich mich, wie sehr du es geliebt hast, wenn es bei uns die Lasagne meiner Tante gab."

Becky stoppte auf halbem Weg durch den Raum. „Du erinnerst dich, dass ich Lasagne liebe?"

„Sicher." Er zuckte mit den Achseln. „Du hast ihre Lasagne und ihr Corned Beef mit Kraut geliebt. Corned Beef stand aber leider nicht auf der Speisekarte."

„Und wenn doch, ist es nicht so gut, wie das deiner Tante." Beckys Herz hüpfte herum. Hatte irgendjemand, den sie kannte, geschweige denn, den sie gedatet hatte, sich je an ihr Lieblingsessen erinnert? „Du magst Ketchup auf deinem Reis." Sie wusste nicht, warum sie den Drang verspürte, zu teilen, an was sie sich von D.J. erinnerte.

Er legte die Topfhandschuhe auf den Tresen, kratze sich am Kopf und erwiderte: „Dein Lieblingseis ist Butter-Pecannuss."

„Das stimmt." Ein perverses Vergnügen erhob sich in ihr. Sie setzte den Babykorb auf den Boden, schnallte Brittany ab und blickte über die Schulter zu D.J.. „Ich kann mich nicht erinnern, dass du ein Lieblingseis hattest –"

„Das liegt daran, weil jedes Eis dieselben Chancen haben soll." Seine Augen funkelten voller Humor und er kam in ihre Richtung.

„Aber ich erinnere mich an Deutschen Schokokuchen." Sie verkniff sich ein Lachen. „Und an das eine Mal, als du und Connor euch erst ein Stück von Tante Eileens Beitrag für das County-Fest stibitzt und dann den ganzen Kuchen verputzt habt."

„Oh." D.J. zuckte zusammen. „Ich erinnere mich, dass wir wochenlang nicht richtig sitzen konnten."

„Sie war ziemlich sauer."

„Das ist untertrieben."

Als sie beiden aus ihrem Tragesitz beobachtete, musste Brittany sich entschieden haben, dass sie genug von diesem fröhlichen Geplapper hatte. Ihre Arme wedelten herum und ihre Füße strampelten. Becky erkannte das als ihre füttere-mich-oder-ich-schreie-Routine. „Ich mache ihr besser ihr Fläschchen."

„Lass mich." D.J. ging an ihr vorbei und hob das Baby in seine Arme. „Hey, Süße."

Becky konnte ihre Aufmerksamkeit nicht von der Szene wegziehen. Als D.J. das winzige Ding anlächelte, erstrahlte sein ganzes Gesicht. Kleine Fältchen erschienen an seinen Augenwinkel, während er sie festhielt und mit einem Finger vor ihr herumwedelte.

„Heute siehst du viel glücklicher aus, nicht wahr?“, unterhielt er sich mit dem Baby.

„Becky war sich nicht ganz sicher, aber aus ihrem Blickwinkel sah es so aus, als hätte Brittany gerade das erste Mal ein Lächeln auf den Lippen, in Tuckers Bluff, für Declan James Farraday. Erneut trat das Kind mit den Füßen und wirbelte die Arme herum und fünf winzige Finger klammerten sich um den immer noch herumsausenden Finger. Beckys Herz machte einen Satz, als sie diesen kostbaren Moment erlebte. Und wenn sie dachte, dass D.J. sich gerade schon freute, dann war er jetzt überglücklich. Wenn seine Reaktion Elektrizität wäre, dann wäre er ein Kraftwerk. In diesem Augenblick wanderte sein Blick in Beckys Richtung und ihr Herz machte einen Purzelbaum. Verdammt, gab es etwas Anziehenderes als einen grinsenden Mann mit einem Baby auf dem Arm?

„Nicht so gut wie die deiner Tante Eileen, aber fast.“

D.J. blickte auf Beckys Lippen, als sie sich um den letzten Happen Lasagne auf ihrer Gabel schlossen, während sie die Augen schloss und leise stöhnte. Alles, was er tun konnte, war auf seinem Platz herumzurutschen und den Sternen zu danken, dass ihr Teller leer war.

In Wahrheit glitt die Gabel viel langsamer in und aus ihrem Mund, als sein Gehirn es wahrnahm, und vermutlich bauschten seine verdorbenen Gedanken ihr kulinarisches Vergnügen nur auf. Die Realität, drei Nächte in Folge auf so engem Raum mit dieser Frau zu verbringen, war wohl zu viel für ihn. Die Unterhaltung wanderte von Meg und Tonis Beistand für Charlotte und den möglichen Auswirkungen von Jakes MRT-

Resultat auf die Ermittlung zu der neuen Babymilch und der Tatsache, dass die Mutter keine wichtigen Informationen hinterlassen hatte, wie etwa die Allergie auf Babymilch. Hätte die Frau das Pulver wenigstens in der Originalverpackung gelassen, hätten sie dieselbe Marke kaufen können.

Wer hätte gedacht, dass ein gemeinsames Abendessen und alltägliche Unterhaltungen einen Mann dazu bringen konnten, eine Frau mehr zu begehren, als es der knappste Bikini oder der sinnlichste Schlagabtausch konnte. Zumindest diese Frau. Jeder Bissen, den Becky nahm war Folter für ihn gewesen. Ein paar Mal hatte sie sich wiederholen müssen, da seine Gedanken einen Weg eingeschlagen hatten, auf dem sie nichts zu suchen hatten. Das Verrückte war, selbst wenn er einen Weg finden würde, sich aus der Stadt zu schleichen, um die Gesellschaft einer Bekannten zu genießen, würde ihm das nichts bringen. Das einzige, nach dem es ihm verlangte, war die Frau in der Stadt, die er auf diese Weise nicht einmal ansehen sollte.

„Erinnere ich mich richtig, dass du Käsekuchen erwähnt hast?" Mit ihrer Serviette wischte sie sich über die Mundwinkel.

„Ja tust du." Er widerstand dem Drang, über den Tisch zu greifen und ihr den kleinen Tropfen Soße unter ihrer Lippe wegzuwischen und drückte sich vom Tisch weg. „Du hast da was vergessen."

Sie lächelte und wischte sich erneut übers Gesicht „Danke."

„Kein Problem. Ich hole den Käsekuchen." Ablenkung war etwas Gutes.

„Nein." Sie erhob sich und fiel fast in ihn, als sie die Balance verlor.

„Vorsichtig." Unverzüglich packten seine Hände ihre Arme und er hielt sie fest. „Bist du in Ordnung?"

„Ich, äh ...“ Sie blickten sich in die Augen und ihr Mund schloss sich kurz. „Ähm.“ Die Spitze ihrer Zunge blickte heraus und sie zog sie schnell zurück, als sie sich auf die Unterlippe biss.

D.J. wollte diese süßen Lippen so gerne küssen. Und auch noch ein paar andere Stellen ihres Körpers. Verdammt. Er ließ sie los, aber ließ seine Hände geöffnet in der Nähe, falls sie noch einmal das Gleichgewicht verlieren sollte.

„Ich, ähm, sollte ... ich meine, du solltest ... ähm, lass uns zur Nachspeise übergehen. Ich meine zum Käsekuchen.“

D.J. nickte nur. Wenn er den Mund öffnen würde, würde er ihn auf ihren legen, und das wäre keine gute Idee. Stattdessen atmete er tief ein und trat einen Schritt zurück. „Gut.“ Nicht das etwas davon gut war. Manchmal wünschte er sich, sein Vater hätte ein Haus voller Unholde erzogen. Aber Sean Farraday hatte seinen Männern Werte gelehrt. Respekt. Ehre. Doch das waren nicht die Begriffe, die ihm gerade durch den Kopf gingen. *Stopp.* Sie war zu jung, zu sehr in seinen Bruder verliebt und eine zu gute Freundin seiner Schwester. So viele Regeln, die ihn anflehten, gebrochen zu werden. Er machte einen weiteren Schritt zurück. Seine Hände schmerzten praktisch vor Verlangen, sie erneut zu Berühren. Irgendwie. „Ich bin gleich wieder da.“

Becky nickte und setzte sich langsam wieder.

Das Baby hatte während des ganzen Abendessens geschlafen. Zuerst war D.J. dankbar für die ruhige Zeit gewesen. Aber jetzt war er der Meinung, dass es keine so schlechte Sache wäre, würde Brittany aufwachen. Wenn Becky ihn weiter mit solch wundersamer Neugier in den Augen ansehen würde, könnten die letzten Fasern seiner Selbstkontrolle bald reißen, wenn nicht irgendetwas passieren würde – wie etwa ein

Dienstanruf, oder ein Baby, das man füttern musste.

„Großes oder kleines Stück?", fragte er.

„Ein kleines. Ich habe zu viel gegessen." Sie ging vom Tisch zum Sofa.

Den Kopf schüttelnd, um seine Gedanken zu ordnen, schnappte er sich zwei Teller und ging durchs Wohnzimmer. Es war Zeit, etwas abzukühlen. „Ich habe noch ein paar Informationen über die Mutter."

„Wirklich?" Sie nahm ihm einen Teller ab.

„Ihre Vergangenheit erklärt, warum sie keine Skrupel hatte, das Baby bei Fremden zu lassen."

Sie stach in ihr Dessert. „Was meinst du?"

„Mit sechzehn weggelaufen, ein paar Zusammenstöße mit dem Gesetz, aber kein Gefängnis. Verheiratet. Geschieden. Dann eine Zeit lang spurlos verschwunden, bis sie wieder in San Diego aufgetaucht ist —"

„Wo sie Ethan getroffen hat."

D.J. nickte. „Ja, so sieht es aus."

„Aber du bist dir nicht sicher."

„Ich weiß nicht, was ich bin. Irgendwie ergibt alles Sinn. Es gibt jede Menge Froschhüpfer in Miramar, die nach Abenteuern suchen."

„Froschhüpfer?"

In der Sekunde, als die abfällige Bezeichnung seinen Mund verlassen hatte, wünschte er sich, er könnte sie zurücknehmen. „So nennen die SEALs Frauen, die alles tun, nur um sagen zu können, sie hatten etwas mit einem SEAL."

„Aber Ethan ist kein SEAL."

„Nein, aber die Piloten dort bekommen genügend Frauen, nur weil sie in Miramar sind." Und erneut hätte er die Klappe halten sollen. Nicht, dass es nicht die Wahrheit war, die Becky ihrem Blick zufolge bereits kannte, aber trotzdem verspürte er das Verlangen, ihr die rosarote Brille, durch die sie seinen Bruder sah, nicht zu zerstören. „Nun, das wirkliche Problem könnte sein, dass Ethan nicht geheim hielt, woher er war. Jeder mit einem Computer –“

Becky ließ die Gabel auf ihren Teller fallen. „Die Ranch …“

„Die Ranch.“ D.J. nickte. Offensichtlich waren er und seine Brüder nicht die Einzigen, die zu der Schlussfolgerung gekommen waren, dass dieses ganze Chaos nur ein großer Betrug sein könnte. Und war das nicht ein tolles Ende für so einen Tag?

Panik und Erleichterung führten in Becky Krieg und ein Schuldgefühl folgte ihnen. Ein Gefühl der Erleichterung, dass Ethan kein Kind mit einer Wochenendbekanntschaft gezeugt hatte, machte sich in ihr breit, nur um von der Vorstellung zerquetscht zu werden, dass die kleine Brittany nur eine Marionette in einem Trickbetrug sein könnte. Eine Gaunerei, die alle Farradays betraf.

War sie ein schlechter Mensch, weil sie hoffte, dass Brittany nicht Ethans Baby war? Aber wenn Brittany keine Farraday war, was würde dann mit ihr geschehen? Wenn die Dokumente, die die Mutter hinterlassen hatte, nur eine Masche war, um …

„Moment. Wenn Brittanys Mutter ihr Sorgerecht abgetreten hatte und nun nicht auffindbar ist, wie könnte sie dann von der Ranch profitieren?“

„Adam, Brooks und ich haben uns heute Nachmittag ebenfalls darüber den Kopf zerbrochen.“

„Und?“

„Das Fazit war, selbst wenn Ethan ihn nicht in seiner Hose lassen konnte“, er pausierte und sie wusste, dass er seine Wortwahl überdachte. Seine

Anstrengungen, ihre Gefühle nicht verletzen zu wollen, berührte sie. „Sorry", fuhr er fort, „aber wenn wir an Ethan denken, sind Heim und Herd nicht die ersten Dinge, die uns einfallen –"

„Eher Fallschirmspringen und Autorennen", warf sie ein.

„Genau, aber trotzdem, könntest du dir vorstellen, dass Ethan Brittanys Mutter zurückweisen würde, würde sie ihn um Hilfe bitten?"

D.J. hatte Recht. Der Kerl, in den sie sich in der ersten Klasse verliebt hatte, hatte eine beschützerische Ader, an der es nichts zu rütteln gab. Was der Grund war, warum Ethan seinen Drang zu fliegen und den Wunsch nach Abenteuer beim Militär auslebte. So konnte er gleichzeitig seinen Adrenalinkick erhalten und den American-Way-Of-Life beschützen.

„Wenn sie in Schwierigkeiten wäre und etwas Geld braucht, bis sie wieder einen Job findet. Einen guten Anwalt bräuchte, um nicht ins Gefängnis zu müssen –"

„Du denkst, sie ist so schlimm?"

Er zuckte mit den Achseln. „Ich weiß es nicht, aber die Möglichkeit besteht."

„Aber sie musste doch wissen, dass ihr einen Vaterschaftstest machen würdet?"

D.J. drückte mit zwei Fingern seinen Nasenrücken. „Ja. Das sollte man denken. Verdammt." Er ließ seine Hand fallen und schüttelte den Kopf. „Sorry. Erneut. Bis die DNS-Resultate hier sind, können wir nur spekulieren."

„Das stimmt." Bevor Becky darüber nachdenken konnte, was sie als nächstes sagen sollte, tat Brittany laut kund, dass sie bereit für ihr nächstes Mahl wäre. „Es ist wohl Zeit, die Erwachsenenunterhaltung zu verschieben."

„Ich mache das Fläschchen fertig." D.J. machte einen weiten Bogen um sie, als er in die Küche ging.

Einen Augenblick lang zögerte Becky und blickte D.J. an, wobei sie an die letzten drei Tage dachte, in denen sie Familie gespielt hatten. Sie hatte D.J. nicht als den häuslichen Typ eingeschätzt. Rau, gutaussehend, Ritter in strahlender Rüstung – absolut. Doch Hausmann, der Windeln wechselte, Fläschchen vorbereitete und Abendessen machte – selbst, wenn er es nur geholt hatte –, war nicht, was sie mit ihm in Verbindung gebracht hätte. Die Farraday-Männer enttäuschten nicht. Und das veranlasste ihren Kopf, sich zu fragen: Welche anderen versteckten Talente hatte Declan James Farraday noch?

KAPITEL FÜNFZEHN

„Hey Cousin." Ian Farraday schlenderte durch D.J.s Bürotür.

Es war nicht nötig, zu fragen, was den Texas Ranger mitten unter der Woche in sein Büro brachte. Extra aus Austin zum Mittagessen vorbeizukommen war unwahrscheinlich. „Lange her." Mit einem freudigen Lächeln auf den Lippen stand D.J. auf und kam seinem Cousin entgegen, um ihm auf den Rücken zu klopfen. „Das letzte Mal als ich ins Diensthandbuch geschaut habe, stand da noch, dass Familie nicht gegen Familie ermitteln darf."

„Nein." Ian setze sich auf den Besucherstuhl vor D.J.s Schreibtisch. „Aber obwohl der Staat Cousins zweiten Grades nicht mehr als Familie betrachtet, wollten sie mich den Fall nicht übernehmen lassen."

„Ein Farraday ist ein Farraday." D.J. kicherte. Ian war der älteste Sohn von Onkel Georges Enkeln. Aber für Farradays waren Verwandtschaftsgraden nicht wichtig. Familie war Familie. Eigentlich war George Farraday D.J.s Großonkel, aber für sie war er einfach Onkel George und Ian einfach sein Cousin.

„Ich habe eine Zeugin nach Abilene gebracht, dachte, es wäre keine Sünde, wenn ich einen kurzen Abstecher mache und dich besuche."

„Du meinst, du wolltest nach mir sehen?"

Ian zuckte mit den Achseln. „Du siehst alt genug aus, als könntest du dich selbst um dich kümmern."

„Danke, dass du es bemerkt hast. Wo ist dein Partner? Heute nicht als Paar unterwegs?" D.J. neigte das Kinn und betrachtete seinen Cousin genau.

„Schon auf dem Weg nach Austin. Ich habe mir einen Wagen gemietet." Ian zuckte lasch mit der Schulter. „Ich habe auch gehört, es gibt ein neues Baby in der Stadt."

„Junge, Junge. Ihr Leute vom Staat seid ja fast schlimmer als der Geheimdienst." Selbst innerhalb der Familie, war das Thema State-Cop gegen County-Cop Futter für diverse Witze und Sticheleien, denen er und Ian schon Ewigkeiten ausgesetzt waren.

„So schlimm ist es auch wieder nicht." Ian lachte. „Mom hat gestern mit Tante Eileen gesprochen."

Lächelnd schüttelte D.J. den Kopf. „Ich frage mich, warum sie nicht gleich ein ganzseitiges Inserat in allen Zeitungen von Austin abdrucken ließ."

Ian hob seine Hände. „Das wäre doch langweilig."

„Ich hätte ihr nie zeigen sollen, wie die Kamera an ihrem Computer funktioniert."

„Sieh es von der guten Seite, wenn sie alt und senil sind können sie sich gegenseitig über den Computer bemitleiden."

„Diese wilden Hühner. Das glaubst du doch selbst nicht." D.J. fiel es schwer, sich seine Tante Eileen als alt und senil vorzustellen. Sie sah heute noch so gut aus, wie vor Fünfundzwanzig Jahren, als sie zu ihnen gekommen war. Und Ians Mutter sah eher wie seine Schwester aus als wie seine Mutter.

„Vermutlich hast du recht." Ian lächelte und schüttelte den Kopf.

Die zwei Frauen waren enge Freundinnen, seit D.J.s Mutter gestorben war. Tante Anne und seine Mutter waren Freundinnen gewesen, aber Tante Anne und Tante Eileen verstanden sich einfach blendend. D.J. dachte immer, dass es daran lag, dass sie beide keine geborenen Farradays waren, aber vermutlich lag es eher daran, dass beide absolut furchtlos waren.

Ein Klopfen am Türrahmen kündigte Esther an. Ich habe einen Anruf von Mr. Porter bekommen. Er sagt, ein Haufen Teenager macht wieder eine Party auf seinem Feld und, ich zitiere, verleibt sich umfassende Mengen an Fusel ein."

„Interessante Wortwahl." Ians Grinsen wurde breiter.

„Soll ich jemanden vorbeischicken?", fragte Esther.

„Normalerweise hätte D.J. sich seinen Hut geschnappt und wäre selbst gefahren, um sich die Kids vorzuknöpfen, aber die nächste Zeit würde das nicht möglich sein. „Ruf Reed an. Frag ihn, was er tun will."

Esther zögerte eine lange Minute und nickte schließlich. „Diese Ermittlung ist besser bald vorbei."

Erst als Esther verschwunden war, wandte D.J. sich wieder an seinen Cousin. „Hast du eine Ahnung, wann sie endlich jemanden schicken?"

„Bald." Ian lehnte sich vor. „Sie schicken Ermittler von auswärts. Ohne Verbindungen zu den Revieren in Dallas oder der Umgebung. Sollten morgen oder übermorgen hier sein."

D.J. nickte. Er war sich ziemlich sicher, dass sein Cousin ein oder zwei Gefallen eingefordert und vielleicht auch ein paar Regeln gebeugt hatte, damit die Texas Ranger so schnell vorbeikommen würden. Jeder Polizist, der im Einsatz seine Waffe hatte abfeuern müssen, wusste, wie die darauffolgenden Tage sich anfühlten. In diesem Teil des Landes gehörte die Bereitschaft, Fremden zu helfen, zum guten Ton. Aber für Farradays, auch wenn sie so weit auseinander wohnten, wie er und seine Cousins in der Nähe von Austin, war der Wille alles für die Familie zu tun stärker als jeder Überlebensinstinkt. „Danke."

Ian öffnete den Mund und hob seine Hand, bereit

zu leugnen, dass er irgendwie daran beteiligt war, dass D.J.s Fall ganz oben auf dem Aktenstapel gelandet war, als D.J. eine Augenbraue hochzog, woraufhin Ians Hand sich senkte und sein Mund sich schloss. „Nur fürs Protokoll, ich habe nichts gemacht."

D.J. nickte nur. Inoffiziell war alles was wirklich zählte.

Erneut tauchte Esther an der Tür auf. „Schau auf dein Handy. Jemand namens Brooklyn sagt, dass Anrufe direkt auf die Voicemail gehen."

„Danke." Er nahm sein Handy heraus. Alles war in Ordnung, inklusive einer Nachricht über einen verpassten Anruf. „Manchmal frage ich mich, ob es einen Kobold-Gott für Handys gibt und ob wir ihn verärgert haben, weil er uns ständig schlechte Verbindungen beschert." Das Telefon in seiner Hand klingelte und er erkannte sofort Brooklyns Nummer. „Farraday."

„Du klingst ziemlich gut gelaunt für einen Kerl, der zum Schreibtischdienst verdonnert wurde."

Verdammt, der Kerl war gut. „Du hast davon gehört?"

„Deine Fahrdienstleiterin hat mir davon erzählt, als ich vor ein paar Minuten angerufen habe, weil ich dich nicht erreichen konnte."

„Hätte ich mir denken können. Rufst du aus einem speziellen Grund an, oder wolltest du einfach meine liebliche Stimme hören?"

„Lass meine Frau das nicht hören." Lachen hallte in Brooklyns Stimme wider.

„Kein Problem, du bist sowieso zu groß für mich."

„Das stimmt." Brooklyn lachte und D.J. hoffte, dass der Anruf gute Neuigkeiten bedeutete. Das einzige Problem war, dass er gerade nicht sicher war, welche Antwort gut wäre.

„Was hast du für mich?"

Meistens wäre der Besuch von Eileen Callahan und Beckys Großmutter in der Klinik eine gute Sache gewesen. Heute war sie sich da nicht so sicher.

„Oh, gut", sagte ihre Großmutter, „du bist nicht beschäftigt."

Wie ihre Großmutter aus einem vollen Wartezimmer und einem Stapel Akten in ihren Armen schloss, dass sie nicht beschäftigt war, war Becky unverständlich. „Da wäre ich mir nicht so sicher."

„Nun, du musst etwas essen." Eileen blickte sich um. „Ich bin sicher, du kannst deine Mittagspause nehmen. Zusammen mit dem Baby."

Oh, Eileen Callahan konnte nicht gut unschuldig wirken. Becky wusste nicht, was die Frau wollte, doch chinesische Wasserfolter klang gerade reizvoller als im Kreuzfeuer von Eileen und ihrer Großmutter zu enden. „Eigentlich ..."

„Sieh mal, wer aufgewacht ist." Adam kam mit einem breiten Grinsen und dem Baby auf dem Arm aus dem Pausenraum, wo sie ein Babybett aufgebaut hatten, dass eine der Patientinnen Becky geliehen hatte, damit sie ihr Bettchen nicht immer aus ihrer Wohnung herunterbringen musste. „Ich habe sie auf dem Weg aus dem Untersuchungszimmer gehört, wie sie ganz süß gegurgelt hat. Denkst du, sie singt?"

„Ich wäre nicht überrascht." Tante Eileen streckte die Arme aus, um das kleine Ding in Empfang zu nehmen. „Grace hat das auch immer gemacht. Sie war immer laut. Ich war mir nicht sicher, ob sie mit sich selbst redete oder summte oder sonst irgendetwas. Als sie drei war, rannte sie bereits herum und sang ihre eigenen Arien, warum wir dann sagten, dass sie die Monate zuvor auch gesungen hatte."

Adam verkrampfte leicht, als er das Baby weiterreichte, und wich dem Blick seiner Tante aus.

„Oh, sie ist so süß." Ihre Großmutter wackelte mit ihren langen lackierten Fingernägeln vor dem Baby herum, um Brittanys Aufmerksamkeit zu erregen. „Es wird nicht einfach werden, sie abzugeben, wenn man ein dauerhaftes Zuhause für sie findet."

„Oder Familienangehörige", fügte Eileen hinzu.

Familienangehörige? Ahnte Eileen etwas? War sie deshalb hier? Oh scheiße, jetzt würde Becky wirklich lieber gefoltert werden.

Adam lehnte sich vor und gab seiner Tante einen Kuss auf die Wange. „Ich muss mich um Mrs. Peabodys Katze kümmern."

„Schon wieder Sadie?" Eileen drehte den Kopf und suchte nach der alten Frau.

Adam schüttelte den Kopf. „Sinatra."

Eileen wandte sich an ihren Neffen und flüsterte: „Diese armen Katzen müssen es wirklich satt haben, immer grundlos hierhergeschleppt zu werden."

„Nein, bei uns bekommen sie immer Leckerli." Adam drehte sich zu Becky. „Ist Mrs. Peabody in der Zwei oder der Drei?"

„Sie ist in der Zwei. Ich komme gleich nach."

Adam nickte und winkte seiner Tante mit einer Akte in der Hand. „Wir sehen uns später."

Im selben Moment lehnte sich Kelly über den Tresen. „Lass den Doc wissen, dass Brooks gerade angerufen hat und ich gesagt habe, dass alles in Ordnung ist."

„Stimmt etwas nicht?" Tante Eileen drehte sich schnell zu Kelly.

„Nein. Er wollte nur wissen, wie Brittany die neue Babymilch verträgt." Kelly kniff die Augen zusammen und schnitt lustige Grimassen für das Baby. „Oh, da sind die Finger. Zeit fürs Mittagessen."

„Ist das nicht süß." Beckys Großmutter streckte die Arme aus, um ihrer Freundin das Kind abzunehmen. „Es ist schon Ewigkeiten her, seit ich so ein kleines Wesen gefüttert habe. Besonders eines, das so goldig ist. Sieh dir nur an, wie sie an den zwei Fingerchen nuckelt."

„Ja, wir fanden es irgendwie komisch, dass sie an zwei Fingern anstatt an ihrem Daumen saugt", Kelly, lehnte sich wieder in ihren Stuhl zurück, „aber Brooks meinte, dass das nicht ungewöhnlich ist. Finn und Grace haben das auch gemacht."

„Ja, das haben sie." Tante Eileen gab ihrer Freundin das Baby und studierte es dabei etwas zu genau für Beckys Geschmack, bevor sie sich zu Kelly drehte. „Wann hat er das gesagt?"

„Als er einmal hier war."

„Oh." Tante Eileen lächelte. „Kommt er oft vorbei?"

„Sicher." Kelly erwiderte das Lächeln. „D.J. kommt auch immer wieder vorbei." Kelly legte ihren Stift auf den Tisch. „Soll ich das Fläschchen geben?"

„Wenn du nichts dagegen hast?" Becky musste wieder an die Arbeit und wollte ihre Großmutter loswerden, bevor D.J.s Tante herausfand, was ihre Neffen ihr verheimlichten. „Dann kann ich dem Doc mit der Katze helfen."

„Mache ich gerne." Kelly eilte um den Tresen und nahm Brittany auf den Arm, dann hob sie die winzigen Ärmchen des Mädchens und winkte damit. „Sag auf Wiedersehn zu allen."

„Vielleicht können wir ein anderes Mal zu Mittag essen", sagte Becky, wobei sie einen Schritt in Richtung Untersuchungszimmer ging, in dem Adam war.

„Und da du es ja scheinbar nicht eilig hast, mich zu einer Urgroßmutter zu machen, tun wir das solange du das Baby noch hast", sagte ihre Großmutter.

Becky nickte. „Klingt nach einem Plan."

„Ja." Tante Eileen drehte sich zu ihrer Freundin. „Komm, Dorothy. Ich habe meine Meinung bezüglich Mittagessen geändert."

Die zwei Frauen marschierten aus der Klinik und Becky hatte das seltsame Gefühl, dass die Welt, wie sie sie kannte, sehr bald auf den Kopf gestellt werden würde.

KAPITEL SECHZEHN

„**D**er Bericht ist gerade auf meinem Schreibtisch eingegangen. Ich schicke dir eine Kopie", erklärte Brooklyn.

„Und …"

„Du bist fein raus."

D.J.s Brust zog sich zusammen.

„Aber", fuhr Brooklyn fort, „es gibt eine Übereinstimmung."

„Ethan", flüsterte er und bemerkte dann, wie Ians Augen sich weiteten. Er realisierte, dass sein Cousin denken musste, dass Ethan im Einsatz etwas zugstoßen sein musste. Mit einem Kopfschütteln und einem Wink seiner freien Hand nahm er Ian die Besorgnis.

„Wer auch immer der Vater ist", fuhr Brooklyn fort, „ist ein sehr naher Verwandter von dir."

„Also ist sie eine Farraday." Luft füllte seine Lungen erneut. Jetzt wusste er, wie sich gute Neuigkeiten anfühlten.

„Ja. Deshalb wollte ich die Resultate nicht auf digitalem Weg schicken."

„Danke." Ein Lächeln zierte seine Mundwinkel. Er war froh. Und die Art, wie Ians Augenbrauen auf seiner Stirn nach oben wanderten, war der arme Kerl sehr verwirrt. Ein Gesichtsausdruck, der allen Farradays gleich war. „Jetzt muss ich nur noch Ethan erreichen."

„Immer noch nichts?" Brooklyns Stimme war leiser geworden.

D.J. schüttelte den Kopf. „Nein. Aber er kann nicht ewig offline bleiben."

„Hmm", knurrte Brooklyn. Sie beide wussten, dass in diesem Krieg, der angeblich gar kein Krieg mehr war, alles möglich war. „Lass mich mal sehen, ob ich irgendwelche Informationen bekomme."

„Danke. Ich muss mit ihm reden. Entscheidungen müssen getroffen werden und Ethan ist der Einzige, der das tun kann."

„Verstanden", sagte Brooklyn schnell. „Ich werde dir Bescheid geben, sobald ich mehr weiß."

„Klingt gut. Ich weiß, ich sage das immer, aber danke. „D.J. beendete den Anruf und starrte sein Handy an, während er die Unterhaltung noch einmal durchging. Brooklyn kannte die möglichen Gründe, wegen denen Ethan nicht antwortete, genauso gut wie er. Es war nicht ungewöhnlich, dass er sich nicht meldete, wenn er Tag und Nacht Missionen Flug, aber so viele Tage ohne Kontakt war seltsam. D.J. hoffte auf eine Spezialausbildung, bei der er aus welchem Grund auch immer nur wenig Kontakte pflegen durfte. Isolation während solchen Programmen war nichts Ungewöhnliches. Und das sicherste Szenario. Aber die andere Option war die, wegen der er besorgt war. Totale Funkstille wegen etwas Geheimen. Und vermutlich sehr Gefährlichem.

„Klang das nach dem, was ich denke?"

„Vielleicht." D.J. warf sein Handy auf den Schreibtisch. „Das ausgesetzte Baby ist von Ethan."

„Bist du sicher?"

„Nun, wir sind sicher, dass sie Mutters Enkelin, aber nicht meine Tochter ist, und Adam, Brooks, Connor und Finn waren nicht einmal in der Nähe von Kalifornien, was bedeutet …"

„Ethan ist der Vater." Ian lehnte sich zurück. „Nun, mit euch Jungs wird das Leben nie langweilig."

„Nein. Zurzeit nicht."

„Was passiert jetzt?"

„Fürs Erste muss ich Brittany aus dem System nehmen."

„Hast du mehr als nur das Wort von dem Kerl, mit dem du gerade gesprochen hast?"

D.J. nickte und erklärte alles, was in den letzten Tagen vorgefallen war, angefangen bei dem mysteriösen Hund zu dem Freund aus Kindheitstagen mit dem Gehirntumor bis hin zu seinem Kumpel, einem Ex-SEAL.

„Verdammt. Mit euch wird es echt nie langweilig."

D.J. erhob sich. „Hast du noch genug Zeit, um zum Abendessen auf die Ranch mitzukommen? Tante Eileen wird sauer sein, wenn sie dich nicht sieht. Und wegen der Neuigkeiten werden alle da sein.

„Ja, das werden sie." Tante Eileen kam in D.J.s Büro und schloss die Tür hinter sich.

„Wo ist Dorothy?", fragte D.J. in der Hoffnung, das Feuer in Tante Eileens Augen würde mit der Zeit abschwelen. „Ich dachte, ihr wolltet heute in der Stadt zu Mittag essen."

„Ich habe sie im Café abgesetzt. Sie und die Mädels fangen ohne mich an."

Ian stand auf, um seine Tante zu begrüßen. „Immer noch fleißig am Kartenspielen?"

„Entschuldige, mein Hübscher. Schön, dich zu sehen." Obwohl sie technisch gesehen nicht seine Tante war, nannten all seine Cousins sie Tante Eileen und sie behandelte alle wie ihre Neffen. Und die herzliche Umarmung, in die sie Ian schloss, gehörte einfach dazu. „Setz dich kurz, das dauert nicht lange."

Ian blickte von Tante Eileen zu D.J. und verkniff sich ein Lächeln. „Besser du als ich."

D.J. öffnete den Mund, um etwas zu sagen, als Tante Eileens Hände nach oben an ihre Hüften wanderten. „Deine Brüder haben gestern so lange auf der Veranda Zigarren geraucht, dass ich mich wunderte, dass sie nicht mit einer Staublunge aufgewacht sind."

„Ich –", fing D.J. an.

Eine von Tante Eileens Händen schoss hoch, um ihn zu unterbrechen. „Ihr alle verheimlicht mir etwas und ich will jetzt sofort wissen, was es ist."

„Nun –"

„Kein nun. Es geht um das Baby, nicht wahr?"

„Ich wollte –"

„Sie summt wie Grace. Sie nuckelt an zwei Fingern wie Adam, Finn und Grace. Ihr alle umkreist das Baby geradezu und du bist jede Nacht bei Becky, seit das Baby hier ist. Das kleine Ding hat dasselbe runde Gesicht, das ihr alle als Kinder hattet." Tante Eileens Hände landeten flach auf seinem Schreibtisch. „Declan James Farraday, ist das dein Baby?"

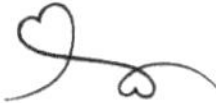

Mrs. Peabodys Kater, benannt nach dem berühmten Sänger, war übergewichtig, alt und neigte zu Arthritis, doch einen Arztbesuch hatte das Tier definitiv nicht nötig. Trotzdem setzte Adam seinen grübelnden Blick auf und stöhnte leise, um Nadine Peabody das Gefühl zu geben, sie hätte das Richtige für ihr Haustier getan. Adam gab ihr eine Medizin, eigentlich nur Vitamine, die der Kater zweimal täglich nehmen sollte und die alte Frau nicht viel kosten würde. Adam gab dem alten Kater schon jahrelang Placebos, um sein einsames Frauchen zu beruhigen und glücklich zu machen.

Becky wünschte sich, dass es bei ihrem nächsten Patienten genauso wäre. Der arme Hund litt an Krebs und sie konnte an Adams angespanntem

Gesichtsausdruck sehen, dass die Prognose nicht gut aussah.

Es klopfte an der Tür und Kelly steckte ihren Kopf herein. „Sorry, dass ich störe, aber du wirst draußen benötigt, Becky."

„Aber nicht wieder meine Tante, oder?", fragte Adam.

„Nein." Kelly schüttelte den Kopf, blickte zu dem Hund und seinem Besitzer und verabschiedete sich mit einem Nicken.

„Nur zu." Adam drehte sich zu Becky. „Ich schaffe das hier allein."

Becky zog ihre Latexhandschuhe aus, warf sie in den Müll und zog die Tür zum Untersuchungszimmer hinter sich zu, wobei sie auf dem Gang fast mit Kelly zusammenstieß. „Autsch. Warum hältst du an?"

„Ich wollte dich vorwarnen", flüsterte Kelly.

„Vorwarnen?"

„Da ist eine Frau im Pausenraum und wartet bei Brittany auf dich."

„Was für eine Frau?

Kelly packte sie am Arm. „Becky, sie ist vom Jugendamt."

Becky erstarrte und blickte den Gang hinunter und wieder zur Tür, aus der sie gekommen war. „Ich rufe besser D.J. an."

„Habe ich bereits. Ich habe ihm auf die Voicemail gesprochen."

„Okay", Becky seufzte, „aber er muss auf dem Revier sein, er hat Schreibtischdienst. Ich rede mit der Frau und du rufst Esther an. Sag ihr, dass er mich sofort anrufen soll. Besser noch, er soll seinen Hintern gleich hierher schwingen. Sobald Adam fertig ist, lass ihn auch wissen, wo ich bin." Sie wusste, dass sie Besuch bekommen würde, aber sie hatte irgendwie nicht erwartet, dass dieser so früh kommen würde. Aus irgendeinem Grund, auch wenn das alles Routine war, machte es ihr Angst, der Frau allein gegenüberzutreten. Gott, wie sehr sie sich wünschte, dass D.J. einfach durch die Tür marschieren würde.

An manchen Tagen hätte man lieber im Bett bleiben sollen. D.J. blickte in das wütende Gesicht seiner Tante. „Nein."

Tante Eileen trat einen Schritt zurück. Verwirrung erweichte ihren finsteren Blick. „Wessen Baby ist es dann?

„Das von Ethan", sagte D.J. leise.

Nach hinten taumelnd landete sie auf dem Stuhl neben Ian. „Ethan?"

D.J. nickte.

„Weiß er es?"

„Ich habe es selbst erst vor ein paar Minuten erfahren."

„Und du bist dir sicher?"

Sowohl Ian als auch D.J. nickten.

Tante Eileen blickte von einem Mann zum anderen und ihr zittriges Lächeln wurde langsam breiter. „Ich bin endlich Großmutter."

„Klopf, Klopf", sagte Becky während sie sanft an die Tür tippte. „Ich bin Rebecca Wilson."

„Oh, Hallo." Die Frau mittleren Alters mit schulterlangen schwarzen Haaren und tiefen Falten unter den Augen, die andere daran erinnerten, was für einen harten Job sie hatte, ging von dem Babybett weg und reichte Becky die Hand. „Ich bin Missy Baxter."

Becky schüttelte ihr die Hand und fühlte das Bedürfnis, zu Brittany zu gehen. Bereits wach und mit einem fröhlichen summen auf den Lippen ignorierte Brittany die Erwachsenen im Zimmer. Als Becky sie hochhob, kuschelte sich Brittany sofort an ihre Schulter, so wie sie es in den letzten Tagen auch immer gemacht hatte.

Die Frau blickte auf Brittany. „Sieht so aus, als hättet ihr euch schon angefreundet."

Was war die richtige Antwort darauf? Ja? Nein? Ein wenig? Becky entschied sich für ein Lächeln.

Missy öffnete eine Akte und legte sie auf den nahestehenden Tisch. „Als Sie als Notfall-Pflegemutter zertifiziert wurden, wohnten Sie noch in einer anderen Wohnung?"

„Das Stimmt." Becky wiegte Brittany und tätschelte ihr den Rücken.

„Ich bin ein wenig verwirrt bezüglich Ihrer neuen Adresse. Ich dachte, ich würde sie zuhause besuchen."

„Meine Wohnung ist oben."

„Wie bitte?"

„Ich lebe in dem Apartment über der Klinik."

„Oh." Zwischen den Augenbrauen der Sozialarbeiterin bildete sich eine Falte.

Das unbehagliche Gefühl, dass Becky in ihrem Magen verspürt hatte, als Kelly ihr gesagt hatte, dass das Jugendamt hier wäre, verwandelte sich in ernste Besorgnis. „Es ist ein sehr schönes Apartment. Möchten Sie es gerne sehen?"

Sie schloss die Akte. „Nun, eigentlich –"

Adam kam in den Raum und ging direkt auf Missy Baxter zu und unterbrach die Unterhaltung. „Wie geht es Ihnen? Ich bin Adam Farraday."

„Ah, stimmt." Die Frau lächelte und reichte ihm die Hand. „Sie sind der Bruder des Polizeichefs."

„Einer davon." Adam setzte ein strahlendes Lächeln auf. „Ich habe gerade in seinem Büro angerufen. Er sollte gleich hier sein."

„Oh, das erspart mir den Weg. Er wäre mein nächster Stopp gewesen."

„Wirklich?", kämpfte Becky heraus.

„Ja. Wissen Sie, ich wollte zuerst zu Ihnen und Ihnen erklären –"

Klackende Absätze ertönten vor der Tür und stoppten abrupt, als Toni in den Raum kam. „Ich war drüben im Café und habe noch ein paar Törtchen ausgeliefert, als Brooks mir sagte, dass Das Jugendamt hier ist."

Brooks?", murmelte Becky. „Woher –"

„Ich rief ihn ebenfalls an", erklärte Adam.

Becky nickte. „Verstehe."

Miss Baxter starrte Toni an. „Ich fürchte, ich nicht."

„Oh, tut mir so leid. Ich bin Antoinette Farraday."

„Noch eine Farraday." Miss Baxter schien die Information zu verarbeiten.

„Mein Ehemann ist Brooks", erläuterte Toni.

„Der Arzt", fügte Becky wegen des verwirrten Gesichtsausdrucks der Frau hinzu.

Missy Baxter nickte, als Meg gerade durch die Tür stürmte. „Bin ich zu spät?"

„Wofür?", fragte Becky.

Meg zuckte mit den Achseln. „Ich weiß nicht, aber wo ich herkomme, bedeutete es immer Ärger, wenn eine staatliche Behörde in irgendetwas involviert ist."

„Oh, ich kann Ihnen versichern –", fing Missy kopfschüttelnd an.

Brooks flog praktisch aus dem Gang in den winzigen Pausenraum und blieb erst stehen, als er neben seiner Braut war und seinen Arm um ihre Taille gelegt hatte. „Ich habe alles stehen und liegen lassen, also hoffe ich, dass das nicht lange dauert." Er blickte auf das einzige unbekannte Gesicht im Raum. „Sie müssen –"

„Missy Baxter, Jugendamt." Sie schüttelte Brooks mit einem müden Lächeln die Hand.

„Freut mich, Sie kennenzulernen." Auch Meg schüttelte der Frau die Hand, während sie mit dem Daumen ihrer anderen Hand auf Adam zeigte. „Ich bin mit dem hier verheiratet."

Jetzt, wo Brooks und Toni und Adam und Meg hier waren, um gemeinsam mit der Frau zu sprechen, die entschied, ob Brittany bleiben würde oder gehen musste, wünschte sich Becky wirklich, dass D.J. ebenfalls hier wäre.

„Ich denke, hier gibt es ein Missver–" Missy fing erneut an zu sprechen.

„Niemand fasst meine Enkelin auch nur an." Tante Eileen stand breitbeinig und mit den Händen an den Hüften in der Tür, dicht gefolgt von D.J. und ihrem Neffen Ian.

„Hi Missy", D.J. drängte sich an seiner Tante vorbei und reichte ihr die Hand. „Ich habe nicht erwartet, dass du schon so früh kommst."

„Ja, nun", ihr Blick schoss von einer Seite des Raums zu anderen und sie lächelte verlegen, „ich hätte kein so, ähm, großes Empfangskomitee erwartet."

D.J. blickte auf den Großteil seiner Familie, die einer neben dem anderen im Zimmer hinter Becky und gegenüber von Missy Baxter standen. Die arme Frau sah aus wie eine Gefangene vor einem Erschießungskommando. „Ich auch nicht."

„Niemand bringt dieses Baby irgendwo hin", wiederholte Tante Eileen.

„Und Sie sind?", fragte Missy.

„Eileen Callahan." Ihr ernster Gesichtsausdruck zeigte, dass seine Tante nicht gewohnt war, dass man sie nicht kannte. Fast alle in diesem County kannten einander und nur wenige Leute kannten den Namen Farraday nicht. Missy war erst vor etwas über einem Jahr in die Gegend gezogen.

Wenn es im letzten Jahr keinen Vorfall mit einer betrunkenen Fahrerin, die den Fehler begangen hatte, mit zwei Kindern auf dem Rücksitz und genug Marihuana im Kofferraum, um den ganzen Staat zu versorgen, durch Tuckers Bluff gerast wäre, würde er Missy auch nicht kennen. „Ich wollte gerade deinem Büro anrufen", sagte er.

„Ich wollte Miss Wilson gerade erklären, dass sich gerade eine freie Stelle für Brittany in einer dauerhaften Pflegefamilie in Butler Springs aufgetan hat –"

Eine ohrenbetäubende Kaskade von Stimmen ertönte.

Tante Eileen war die lauteste. Ihr, „Das wird nicht nötig sein", war nur etwas lauter als Megs Frage, „Was muss man tun, um Pflegemutter zu werden?", und Tonis, „Hilft es, wenn man einen medizinischen Hintergrund hat?".

„Ja. Natürlich." Brooks lächelte seine Frau verliebt an.

„Wir können das auch machen", meldete sich Meg zu Wort.

Das Wirrwarr aus Stimmen, als alle Mitglieder von D.J.s Familie darauf bestanden, sie könnten sich um Brittany kümmern, obwohl keiner von ihnen die Resultate des DNS-Test kannte, war ohrenbetäubend. Auch wenn Tante Eileen wusste, dass Brittany eine Farraday war, hätte sie vermutlich genauso laut protestiert, hätte sie diese Information nicht gehabt.

„Was ist mit mir?", rief Becky und brachte damit die anderen zum Schweigen. Sie küsste Brittany auf die Stirn. „Warum kann ich sie nicht behalten?"

„Dazu wollte ich gerade kommen." Missy machte

eine Pause, um sich im Zimmer umzublicken, bevor ihr Blick wieder zu Becky wanderte. D.J. hatte das Gefühl, dass die Sozialarbeiterin erwartete, unterbrochen zu werden. Als niemand es wagte, zu sprechen, fuhr sie fort: „Wir haben eine Pflegefamilie, die bereit ist, Brittany aufzunehmen, aber wenn Sie sie behalten wollen, Miss Wilson, haben sie die Möglichkeit, ihren Status ändern zu lassen."

Becky verlagerte Brittany an ihre andere Schulter und machte einen Schritt auf die Sozialarbeiterin zu. Mit erhobenem Kinn drückte sie das Baby fest an sich. „Das mache ich."

KAPITEL SIEBZEHN

„Auszeit." D.J. positionierte sich neben Becky und vor Missy.

Beckys Magen zog sich zusammen. Welche Neuigkeiten würden jetzt kommen? Als die Sozialarbeiterin verkündet hatte, dass sie Brittany wegbringen würde, war Becky in Panik geraten. Die Worte „Das mache ich" waren aus ihrem Mund gekommen, bevor sie die Chance gehabt hatte, es sich genau zu überlegen. Und das war in Ordnung. Mittlerweile war ihr egal, wer Brittanys Vater war. Sie würde nicht zulassen, dass dieses kostbare Kind in das System abgeschoben würde. Sie müsste vielleicht wieder bei ihrer Großmutter einziehen, aber sie würde eine Möglichkeit finden, das alles auf die Reihe zu bekommen.

„Es gibt neue Informationen." D.J. hielt einige Seiten Papier hoch. „Das sind die Kopien von Brittanys Geburtsurkunde und eine Abtretung des Sorgerechts."

„Wirklich?" Ein verärgerter Unterton war in Missys Antwort zu hören. Becky hatte nicht gewusst, dass D.J. dem Staat diese Informationen vorenthalten hatte.

„Brittany hat direkte Familienangehörige hier in Tuckers Bluff", fuhr D.J. fort.

Missy blätterte die Seiten durch und studierte die Dokumente gründlich, bevor sie noch einmal von vorne begann.

D.J. ging näher zu Becky, aber wandte sich weiter

an die Sozialarbeiterin. „Morgen oder übermorgen sollte ich untermauernde DNS-Ergebnisse vorlegen können."

Sowohl Adam als auch Brooks drehten ihre Köpfe in D.J.s Richtung. Becky wusste, was sie fragen wollten. Dasselbe, was alle hier wissen wollten. Ein einfaches Nicken von D.J. beantwortete ihre stille Frage. Ja, die DNS-Resultate waren zurück und Brittany war wirklich eine Farraday. Becky sollte erleichtert über die Nachricht sein. Sobald die Familie Ethan erreichen konnte, sollte er nach Hause kommen. Und wenn er nur halb der Mann war, für den sie ihn immer noch hielt, würde er hier bleiben, sobald das Marine Corps es zuließ. Warum war sie also nicht wirklich bereit, vor Freude Luftsprünge zu machen? Jetzt könnte Ethan sie als Frau, Mutter und Lebensgefährtin wahrnehmen und nicht mehr als die magere Freundin seiner kleinen Schwester.

„Warum", die Sozialarbeiterin blickte D.J. an, „hast du uns das nicht schon zuvor weitergeleitet?"

D.J. gab ein fast unhörbares Seufzen von sich, mit dem er sich wappnete. „Es gab Zweifel an der Echtheit der Daten."

„Aber jetzt nicht mehr?" Ihre Stimme wurde schroffer, entschlossener und sie blickte von Bruder zu Bruder. „Wer von Ihnen ist Ethan?"

„Er ist nicht hier", antwortete D.J. mit steifer Mine. „Marine im aktiven Dienst. Ich entschuldige –"

Missy hob die Hand und schüttelte den Kopf. „Spar es dir. Obwohl ich jede Menge Fälle auf dem Tisch habe und ich die Zeit besser für einen davon genutzt hätte, bin ich froh, ein Kind weniger im System zu haben. Wovon ich aber rein gar nicht begeistert bin, ist die Art, wie diese Angelegenheit gehandhabt wurde." Sie hielt die Dokumente hoch, die sie gerade gelesen hatte und die Anspannung in ihren

Gesichtszügen schien etwas zu verschwinden. „Darf ich die hier behalten?"

„Ja. Das sind deine Kopien." Auch D.J. entspannte sich ein wenig.

„Nun gut." Sie hob ihre Aktentasche vom Boden auf und stellte sie auf den Tisch, öffnete sie und steckte die Dokumente hinein. Nachdem sie sie wieder geschlossen hatte, blickte sie noch einmal zwischen den schweigenden Anwesenden hin und her, die aussahen, als würden sie darauf warten, dass sie einen Zaubertrick vorführte. „Es gibt immer noch einiges an Papierkram zu erledigen, aber ich überlasse Ihnen die Arbeit, sich darüber klar zu werden, wer letztendlich für Brittany sorgt."

D.J. entspannte sich ein wenig und sein Arm streifte den von Becky. Als er sich näher zu ihr lehnte, gab ihr seine Wärme, seine bloße Anwesenheit Stärke und Mut und ließ gleichzeitig ihr Herz in ihren Magen rutschen. Die Familie würde jetzt eine neue Lösung suchen. D.J. würde sie nicht mehr brauchen. Würde sie nicht mehr glücklich anlächeln, weil sie ihm morgens Kaffee gemacht hatte. Würde sie nicht mehr ansehen, als wäre sie die Gewinnerin einer Schönheitswahl. Würde nicht mehr auf der anderen Seite des Betts schlafen, völlig bekleidet, auf der Bettdecke, um ihre Ehre zu bewahren und damit sie nicht auf dem Sofa schlafen musste. Auch wenn das bei ihrer Größe Sinn gemacht hätte.

Als sie ihn ansah, musste sie blinzeln, um die Tränen zu verbergen, die an die Oberfläche drangen. Keine dummen Unterhaltungen mehr mit der ausgelassenen Seite des großen bösen Polizisten. Keine Schmetterlinge mehr in ihrem Bauch, wann immer er sich ihr näherte. Keine warmen Gefühle mehr, wenn er mit dem Baby spielte. Kein D.J. mehr.

Ihr Atem stockte und ihr Herz schlug wie eine

Forelle, die versuchte an Land zu atmen. Oh mein Gott. Becky schloss den Mund. Sie war in Declan James Farraday verliebt – echte wahrhaftige Liebe. Heilige Scheiße. Was zum Teufel sollte sie jetzt machen?

D.J. hielt den Atem an. Er war ein gewaltiges Risiko eingegangen, indem er die Papiere mit Ethans Namen darauf zurückgehalten und nur den persönlichen Brief mit dem Namen der Mutter weitergegeben hatte. Er hatte gehofft, Bestätigung zu haben, bevor Missy vorbeikam.

Er folgte der Sozialarbeiterin zum Eingang der Klinik und zur Tür hinaus. An ihrem Auto, wie es von jedem guten texanischen Jungen erwartet wurde, öffnete er ihr die Tür.

Missy warf ihre Aktentasche auf den Beifahrersitz und drehte sich mir einer Hand an der Tür zu ihm. „Ich bin wirklich froh, dass wir das Baby nicht durch das System schleifen müssen.“

„Ich höre da ein aber.“ Er versuchte entspannt zu lächeln, aber die Anspannung in ihm war so stark, dass er annahm, sein Grinsen würde eher wie ein nervöses Zucken aussehen.

„Fürs Protokoll“, sie machte eine Pause, damit er nicken konnte, „zieh noch einmal so etwas ab und wir sehen uns vor Gericht, wo du einen Staranwalt brauchen wirst.“

D.J. nickte. „Verstanden.“

Er blieb wie angewurzelt am Straßenrand stehen, als Missy davonfuhr und Kopfschmerzen zogen zwischen seinen Schläfen auf. „Verdammt, Ethan, wo bist du?“

D.J. öffnete die Facebook-App auf seinem Handy.

Keine neuen Posts seines Bruders. Obwohl er wusste, dass es Zeitverschwendung war, tippte er eine Nachricht: MUSS MIT DIR REDEN. WICHTIG. BLEIB GESUND. D.J. hatte aufgehört mitzuzählen, wie viele Nachrichten er seinen Bruder schon geschickt hatte, auf die keine Antwort zurückgekommen war. Auch bei seinen anderen Brüdern war es nicht anders. Nachrichten, Video-Anrufe und E-Mails blieben alle unbeantwortet. Zumindest war er sich jetzt wegen des Babys sicher.

Ian tauchte neben ihm auf und steckte sein Handy in die Tasche. „Ich muss die Einladung zum Abendessen wohl doch ausschlagen."

„Ruft die Pflicht?"

„Leider ja." Ian zögerte. „Hör zu, ich überschreite hier vielleicht meine Grenzen."

„Nie." D.J. lächelte und schlug seinem Cousin auf den Rücken.

„Gut, weil ich nicht weiß, wann ich wieder in der Nähe sein werde. Wegen dir und Becky –"

„Es gibt kein ich und Becky," D.J. machte einen halben Schritt zurück. „Und apropos Becky, ich sollte besser reingehen."

Ian packte D.J. am Arm, als er sich gerade umdrehte. „Da muss ich widersprechen. Alle da drinnen haben die Frau und das Baby angesehen."

„Und?"

„Ich habe dich angesehen." Ian ließ seinen Arm los. „Wie du Becky angesehen hast."

„Nein, ich habe –"

„Doch du hast. Immer wenn die Dokumente erwähnt wurden, hast du zu ihr gesehen, um herauszufinden, wie sie die Information aufnahm. Immer wenn die Sozialarbeiterin ihren Mund geöffnet hat, bist du etwas näher zu Becky gerutscht. Du hättest dein Revier nicht mehr markieren können, außer du hättest ihr ans Bein gepinkelt."

„Das ist –"

„Und ihr geht es genauso."

„Jetzt weiß ich, dass du verrückt bist. Sie liebt Ethan. Das hat sie schon immer."

„Vielleicht früher, aber jetzt liebt sie dich." Ian wartete einen Augenblick auf irgendeine Antwort und schüttelte dann den Kopf. „Okay. Hör nicht auf mich. Aber wenn du wieder hineingehst, achte auf die Kleinigkeiten. Achte einfach auf die Kleinigkeiten." Ian rasselte mit seinen Schlüsseln und ging auf die andere Straßenseite, wo er sein Mietauto geparkt hatte.

Achte auf die Kleinigkeiten. D.J. drehte sich um und riss die Tür auf. Was zum Teufel dachte Ian hätte er die ganzen letzten Tage gemacht? Er hatte alle möglichen Dinge an Becky bemerkt, die er nicht hätte bemerken sollen. Wie das Sonnenlicht in ihren Haaren funkelte. Das Leuchten in ihren Augen, immer wenn sie lächelte. Das sanfte Heben und Senken ihrer Brust unter der Bettdecke, wenn sie tief und fest schlief. Die entspannte Art, wie Brittany sich an ihre Schulter kuschelte. Das Gefühl, nach Hause zu kommen, nicht an einen Ort, sondern zu ihr. Wie köstlich sein Morgenkaffee schmeckte, wenn sie ihn machte oder wie wunderbar sie duftete, nachdem sie geduscht hatte oder nach der Arbeit oder nach dem Babysitten. Verdammt.

Er war kaum den Gang hinunter gegangen, als der halbe Farraday-Clan angeführt von Tante Eileen aus dem Aufenthaltsraum kam. „Wo wollen alle hin?", fragte er.

„Das Baby hat mittlerweile einen routinierten Tagesablauf." Tante Eileen blieb mit einem breiten Lächeln vor ihm stehen.

„Und ich muss wieder in die Praxis." Brooks küsste

seine Frau auf die Nase. „Bis heute Abend."

„Ich werde dich vermissen." Toni lächelte ihren Ehemann an, als er sich an seiner Tante und D.J. vorbeischlängelte.

Meg drückte Adams Hand. „Und ich lasse dich besser wieder nach deinen Patienten sehen."

Adams Blick wanderte über ihren Kopf zu den Leuten, die mit ihren Haustieren geduldig auf ihren Termin warteten. „Ja."

Am Ende des Gangs kam Becky langsam aus dem Pausenraum und blieb neben der Tür stehen. Ihre besorgten Augen blickten in seine und er musste den Drang zügeln, seine Familie beiseite zu schieben und zu ihr zu eilen, um ihr zu versichern, dass alles gut werden würde. Verdammt. Ian hatte recht gehabt. Er wollte sein Revier markieren.

„Dorothy und Ruth Ann sind vermutlich schon mit dem Mittagessen fertig", fuhr Tante Eileen fort. „Du und Becky habt alles unter Kontrolle." Tante Eileen schüttelte den Kopf und kicherte amüsiert. „Das Mädchen ist wie ihre Großmutter. Adam und Brooks verstehe ich ja, aber du hättest das nicht vor Sean und mir verheimlichen sollen. Aber fürs Erste ist es jetzt das Beste, zu warten und mit Ethan zu reden, bevor wir irgendwelche Entscheidungen treffen."

D.J. war verblüfft, dass die Frau, die gerade noch Gift und Galle gespuckt hatte, weil sie der Meinung war, man würde ihr die Enkelin – technisch gesehen die Großnichte – wegnehmen, so ruhig und geradezu fröhlich sein konnte. Also was zum Teufel hatte er verpasst, als er aus dem Raum gegangen war? Seine Tante stellte sich auf die Zehenspitzen und gab ihm einen Kuss auf die Wange. „Ruf an, wenn du etwas brauchst."

Als seine Familie, bis auf Adam, weg war, blickte D.J. wieder zu Becky und ging den Gang zu ihr hinunter.

„Ich sagte Becky, sie könnte sich den Nachmittag freinehmen, wenn sie will", sagte Adam. „Aber sie besteht darauf, zu bleiben und zu arbeiten."

„Sie kann ziemlich stur sein, wenn sie will." Seine Gedanken wanderten wieder zu der ersten Nacht in ihrer Wohnung und dem Streit bezüglich des Betts zurück. Er hatte aus vielen Gründen auf der Couch schlafen wollen, aber letztendlich hatte sie sich durchgesetzt und sie teilten sich ihr Bett. Irgendwie.

Adam schnappte sich eine Akte und ging weg. D.J. konnte seine Füße nicht dazu bekommen, sich zu bewegen. Er musste verrückt sein, das hinauszuzögern. Völlig, einhundertprozentig verrückt. Beide seiner Schwägerinnen und seine Tante waren gewillt gewesen, Brittany zu übernehmen. Zu blöd nur, dass er diese Aufgabe nicht aufgeben würde. Ganz zu schweigen von Becky.

„Ich denke, tief drinnen kannten wir die Wahrheit." Becky blieb neben ihm stehen.

D.J. zog eine Schulter hoch. „Du warst dir vielleicht sicher, aber der Rest von uns nicht so wirklich."

„Brittany schläft wieder und ich muss mich wieder an die Arbeit machen."

„Geh." D.J. ließ seine Hand auf ihren Arm fallen und bereute diese einfache Geste sofort. Es war nichts einfach an der Wirkung, die sie auf ihn hatte. „Ich nehme mir noch eine Minute mit meiner Nichte und gehe dann wieder aufs Revier."

Becky lächelte süße und er bemerkte, dass dieses Mal das Funkeln ihre Augen nicht erreichte. Und das gefiel ihm nicht. Verdammt.

Mit ein paar langen Schritten betrat er den Raum, der ohne die vielen Leute fast wie ein Saal wirkte, als er neben dem Bettchen seiner Nichte stand. Seine

Nichte. Das war das zweite Mal, dass er dieses Wort benutzt hatte, das sich immer noch seltsam für ihn anfühlte. Sein Handy klingelte. Er wischte über das Display und legte es an sein Ohr. „Farraday."

„Declan. Wie geht's?"

„Dasselbe wie noch vor einer Stunde, als wir aufgelegt haben. Was ist los?" Ein großer Teil von ihm wollte nicht, dass Brooklyn antwortete. Etwas über keine-Nachrichten-sind-gute-Nachrichten.

„Ich konnte bestätigen, welche Teams involviert sind."

Allein diese Worte ließen ihm einen kalten Schauer den Rücken hinunterlaufen.

„Ich weiß nicht, wie ich dir das schonend sagen soll. Ein Hubschrauber ist abgestürzt ..."

KAPITEL ACHTZEHN

„Wurde aber auch Zeit, dass du auftauchst." Dorothy reichte Eileen das eingerollte Besteck.

„Es ging nicht anders." Eileen nahm es aus der Serviette und legte Gabel und Messer auf den Tisch. „Aber das ist so viel besser, als wir es uns vorgestellt haben. Nun, das meiste zumindest."

„Das meiste?", fragte Ruth Ann. Heut Nachmittag war kein Pokerspiel angesetzt, nur ein spontanes Mittagessen, nachdem Eileen und Dorothy sich auf Wahrheitssuche begeben hatten.

„Hast du ihr schon alles gesagt?", fragte Eileen.

Dorothy schüttelte den Kopf. „Nur dass es dir nicht gefiel, dass die Jungs den ganzen Abend Zigarre geraucht hatten und dir sicher warst, dass meine Becky die Antworten hätte."

„Und die hatte sie."

Gerade mitten beim Dessert legte Dorothy ihre Gabel auf den Teller. „Was für Antworten? Sie sagte kaum ein Wort."

„Seit dem Tag, als das Baby in der Stadt aufgetaucht war, wusste ich, dass etwas nicht mit rechten Dingen zuging. Ich wusste nur nicht was."

„Ich verstehe nicht." Ruth Ann nahm einen Bissen von Franks Pecannusskuchen und Eileen fasste ihren Verdacht zusammen, ihre peinliche Beschuldigung von D.J. und schließlich die Offenbarung, zu wem Brittany gehörte. Ruth lehnte sich zurück und vergaß ihren Kuchen. „Oh, wow. Das hätte ich nicht erwartet."

„Da ist noch mehr." Eileens Lächeln zog ihre Wangen nach oben.

„Was kann da noch sein?" Dorothy griff nach einem Glas Wasser.

„Du und ich werden endlich wirklich Familie werden."

Dorothys Glas blieb auf halben Weg zu ihrem Mund in der Luft stehen. „Kommt Ethan nach Hause?"

„Das weiß ich nicht. Ich versuche, nicht zu viel über sein Kommen und Gehen nachzudenken. Es macht mich nicht so nervös, wenn ich ihn mir nur im Offizierskasino vorstelle."

„Im Nahen Osten?", murmelte Ruth Ann, bevor sie den Kopf schüttelte. „Sorry."

„Also, erklär." Dorothy schob ihren Teller weg. „Wie werden wir Familie werden?"

„Becky und D.J.." Eileen rieb enthusiastisch die Hände zusammen.

Dorothy blickte ihre langjährige Freundin finster an. „Bist du verrückt?"

„Kannst du es nicht sehen?" Eileen lehnte sich vor. „Denk einmal nach. Wie hat das alles angefangen?"

Als Dorothy nichts sagte, sprang Ruth Ann ein: „Jemand hat ein Baby vor dem Revier ausgesetzt."

„Eigentlich", Dorothy machte eine Pause und ihre Augenbrauen zogen sich nachdenklich zusammen, „hat D.J. Becky wegen dem Hund gerufen."

„Siehst du!" Eileen setzte sich zurück und Aufregung brodelte in ihr hoch. An einem Tag noch ein Haufen Junggesellen und keine Aussicht auf Enkelkinder und jetzt zwei verheiratete Männer, einer kurz davor und D.J., der sich durch das Zutun der nächsten Generation verliebt hatte. „Und wir müssen gar nichts tun."

„Nein. Ich verstehe nicht." Ruth Ann schien mit jedem neuen grauen Haar Gehirnzellen zu verlieren. Oder ihr Pferdeschwanz war zu eng.

„Der Hund ist vor dem Revier aufgetaucht." Eileen betonte die nächsten Worte deutlich. „D.J. rief Becky wegen dem Hund."

„Oh mein Gott." Dorothy lächelte. „Der Hund hat die beiden zusammengebracht."

„Ja." Eileen verschränkte die Arme und nickte. „Jetzt müssen wir die beiden und das Baby nur den Rest regeln lassen."

Ruth Ann schüttelte den Kopf. „Ich denke, ihr seid alle verrückt, zu glauben ein Hund würde Kuppler spielen."

„Du wirst schon sehen." Eileen lächelte. „Du wirst schon sehen."

D.J.s Gesicht war kreidebleich und Becky wusste, dass, was auch immer er erfahren hatte, mit Ethan zu tun haben musste. Sie hatte miterlebt, wie D.J. die Sache mit Megs verrücktem Ex-Verlobten, Tonis gewalttätigem Ehemann und der Jake-Thomas-Situation umgegangen war. Im Moment war D.J. durch den Wind und das war etwas Neues für Becky.

Was auch immer die Person am anderen Ende gesagt hatte, nickte D.J. einfach nur ab. Becky flüsterte leise: „Ethan." Als seine Augen sich schlossen und sein Kinn in einer knappen Bewegung nach unten wanderte, wünschte sie zu Gott, dass Ethan lieber in Rinder oder Pferde vernarrt gewesen wäre, so wie Connor und Finn. Ohne darüber nachzudenken, glitt ihre Hand in D.J.s und sie drückte sie, überrascht, wie sehr es sie beruhigte, als er die Berührung erwiderte.

Im Gang zu stehen, würde nicht helfen, herauszufinden, was los war. Sie drehte sich zum Empfangstresen und flüsterte Kelly zu: „Wir sind in Adams Büro. Schick ihn zu uns, wenn er fertig ist."

Kelly nickte und Becky zog D.J. in den Raum und schloss die Tür hinter ihnen.

„Ich verstehe", sagte D.J. „Okay." Etwas Farbe schien in sein Gesicht zurückzukommen.

Sie konnte nicht entschlüsseln, wie schlimm die Nachricht war. Auch durch den Wind war D.J. immer noch einer der stärksten Männer, die sie kannte. Und der verdammte Fels von Gibraltar. Nichts an seiner Pose gab ihr auch nur den geringsten Hinweis darauf, was los war.

„Danke. Lass mich wissen, wenn du noch etwas hörst." Das Handy piepte und D.J. steckte es in seine Tasche.

„Bist du in Ordnung?", fragte sie sanft, ihre Hand immer noch in seiner.

Augen voller Zärtlichkeit und Besorgnis studierten sie. Eine Faust packte ihr Herz und drückte es zusammen, da sie überzeugt war, er würde ihr sagen, dass Ethan tot war. Im selben Moment schlug ihr Herz aber auch schneller, weil sie realisierte, dass all die Traurigkeit in seinem Blick auf sie bezogen war.

„Es ist vielleicht etwas passiert", sagte er.

Sie bewegte sich auf ihn zu, weil sie ihm eine tröstende Umarmung schenken wollte, doch wagte es nicht, ihre Arme um ihn zu legen. „Was auch immer es ist, du weißt, dass ich für dich da bin. Für euch alle."

D.J. blinzelte und seine Augen konzentrierten sich auf ihre. Eine Sekunde lang fragte sie sich, ob er versuchte, ihre Gedanken zu lesen. „Du bist wirklich unglaublich."

Jetzt blinzelte sie überrascht. „Danke."

„Mein Bruder ist ein Idiot."

„Wie bitte?"

„Sorry. Ich hätte nichts sagen sollen, es ist nur …" Er seufzte und blickte über ihre Schulter in die Ferne, bevor er sie wieder ansah. „Wir hatten recht. Ethan war vor Kurzem Pilot auf einer Mission."

Sie schluckte die Worte auf ihrer Zunge und wartete darauf, dass D.J. ausredete.

„Es ist noch nichts bestätigt. Brooklyn weiß nur, dass ein Hubschrauber abgestürzt ist. Wir können nicht sagen ob es der von Ethan war, aber da wir ihn nicht erreichen können, nehmen wir stark an, dass dies der Fall ist."

Ihr Atem stockte in ihrer Kehle, als sie auf mehr wartete.

„Das Einzige, was wir wissen, ist, dass es keine Verluste gab."

„Dann lebt er noch."

D.J. nickte. „Laut Brooklyns Quelle gibt es Verletzte. Anscheinend nichts Lebensbedrohliches. Aber wir wissen nicht, ob Ethan darunter ist."

„Warum wissen wir nicht mehr? Warum sagen seine Vorgesetzen nichts?" So sehr sie auch sicher sein wollte, dass es Ethan gut ging, hasste sie es mehr, dass seine Geschwister nichts erfuhren. Sein Vater. „Oh Gott, Tante Eileen."

„Wir sagen ihr besser nichts, bis wir sicher sind." Erneut suchte sein Blick ihre Augen mit einer Neugier, die sie anzog, doch konnte sie sich nicht bewegen.

„Was?", fragte sie leise?

„Ich dachte, du wärst aufgelöster."

„Du sagtest, er ist am Leben, richtig?"

D.J. nickte.

„Egal ob er verletzt ist oder nicht, Tante Eileen wird ausrasten."

„Du machst dir wegen ihr mehr Sorgen als wegen

dir selbst?“

„Und wegen dir auch.“ Die Worte waren sehr leise. Als sie wahrnahm, was sie gesagt hatte, fügte sie schnell hinzu: „Und wegen deinen Brüdern und Grace natürlich.“

Langsam hob D.J. seinen Daumen und fuhr damit über ihre Unterlippe. Die sanfte Berührung sandte ihr einen elektrisierenden Schock bis in ihre Zehen. Ihr Gleichgewichtssinn versagte. Sie war sich sicher, dass sie nach hinten schwankte, oder nach vorne. Sie war sich nicht sicher. Sie wusste nur, dass seine freie Hand ihre Wange hinabglitt und ihren Nacken festhielt.

„Rebecca“, sagte er so leise, dass sie sich fragte, ob sie sich nur eingebildet hatte, ihren Namen zu hören.

„Hmm“, murmelte sie.

„Hast du etwas dagegen, wenn ich dich küsse?“

„N-Nein“, murmelte sie eine Sekunde, bevor sich sein Mund auf ihren senkte. Die Zärtlichkeit in dieser vorsichtigen Berührung ließ die Anspannung in ihr bersten. Funken und Hitze breitete sich wie die Flamme eines Streichholzes auf trockenem Zunder aus. Alles wegen eines süßen, zarten, kaum spürbaren Kusses, der viel zu schnell vorbei war.

Die Wärme von D.Js Atem blies gegen ihr Gesicht und sie nahm einen beruhigenden Atemzug. Nicht, dass das etwas brauchte. Ihr Herz raste, ihr Blut pochte in ihren Adern und sie wollte ihn für einen längeren, tieferen und köstlichen Kuss an sich ziehen.

„Wegen Ethan.“ D.J. wich zurück, um sie anzusehen. „Obwohl die Familie eines verletzten Marines eigentlich innerhalb von vierundzwanzig Stunden informiert werden sollte, kann man in der Realität nicht sagen, wann Dad offiziell von Ethans Status erfährt. Und ob er verletzt ist.“

„Falls er schwer verletzt ist.“ Sie erstickte fast an den Worten. „Werdet ihr ihm dann immer noch sofort von Brittany erzählen?"

D.J. zögerte und schüttelte dann den Kopf. „Ich weiß es nicht. Ich weiß es wirklich nicht."

Becky nickte. Sie musste daran denken, dass es Ethan gut ging. Das musste sie für alle tun. „Als du mit Ms. Baxter draußen warst, wollte Tante Eileen Brittany zur Ranch mitnehmen." D.J. öffnete den Mund, um zu sprechen und sie hob die Hand. „Adam schlug vor, dass es besser für Brittany wäre, wenn sie in der Routine bleibt, an die sie sich schon gewöhnt hat. Brooks fragte, ob das okay für mich ist."

„Ist es das? Okay für dich?"

Erneut nickte Becky mit dem Kopf. „Aber ich brauche immer noch Hilfe."

Ein Lächeln hob eine Seite seines Mundes. „Ich denke, das lässt sich einrichten."

„Ich hatte gehofft, dass du das sagst." Sie hoffte, dass er viel mehr sagen würde. Mehr tun würde. Andererseits musste ein Mädchen hin und wieder auch selbst die Initiative ergreifen. Sie stellte sich auf die Zehenspitzen und legte beide Arme um seinen Hals. Ohne ihm Zeit zum Nachdenken zu geben, zog sie seinen Kopf zu ihrem und warf *zart* und *sanft* über Bord.

D.J. zögerte nicht in seiner Antwort. All die Tage, die sie zusammen verbracht hatten, hatte er das Verlangen unterdrückt genau das zu tun. Becky in seinen Armen zu halten, aus erster Hand erfahren, ob sie so köstlich schmeckte, wie er dachte. Die Vergangenheit war ihm egal. Es war ihm egal, wen sie als Kind geliebt hatte. Alles, was zählte, war die Leidenschaft und das Feuer zwischen ihnen. Er legte einen Arm um ihre Taille und zog sie näher an sich. Er musste ihre schlanken Kurven genauso an sich spüren, wie er Luft zum Atmen brauchte.

„Was ist so verdammt … ookaay.“ Adam blieb abrupt stehen und räusperte sich. Zweimal.

Als D.J. sich von Becky löste, rieb sich sein Bruder die Augenbrauen und starrte lächelnd zu Boden.

D.J. trat einen Schritt zurück und hielt Beckys Hand, dann wandte er sich an seinen Bruder: „Ich habe Neuigkeiten.“

„Ja. Das kann ich sehen.“ Adam blickte auf und sein Lächeln wurde breiter. „Soll ich Tante Eileen anrufen?“

„Nein!“, riefen D.J. und Becky im Einklang.

Das Lächeln verschwand von Adams Lippen. „Was für Neuigkeiten?“

D.J. konnte sich nicht dazu bringen, Beckys Hand loszulassen. Jetzt, wo er ihre Wärme gespürt hatte, könnte er es nicht ertragen, die Verbindung zu verlieren. „Ethans Hubschrauber ist während einer Mission abgestürzt. Wir glauben, dass das Team es sicher geschafft hat, aber es gibt Verletzte.“

„Ethan?“

„Wissen wir nicht. Aber scheinbar ist niemand in Lebensgefahr.“

„Und woher weißt du das?“, fragte Adam.

„Brooklyn.“

„Den Kerl muss ich irgendwann kennenlernen.“ Adam drehte sich um und rieb sich mit der Hand den Nacken. „Wir dürfen es Tante Eileen nicht sagen. Noch nicht.“

„Ja“, sagte D.J. schnell.

„Aber Dad muss es wissen.“

„Ebenfalls ja.“

Becky schüttelte den Kopf. „Sagen wir eurer armen Tante denn gar nichts? Sie ist eine wirklich starke Frau.

Ich denke, sie kommt damit zurecht."

Adam und D.J. starrten sie an.

„Was? Ich würde die Frau immer in meinem Team haben wollen."

D.J. wandte seine Aufmerksamkeit seinem Bruder zu. Adam zuckte mit den Achseln und winkte mit den Händen. „Familientreffen. Lassen wir Dad entscheiden."

D.J. nickte. „Wo?"

„Die Ranch fällt aus, ansonsten findet Tante Eileen es sicher heraus", sagte Adam. „Wir könnten zu uns, aber dann müsstet ihr beide das Baby mitbringen:"

„Ich muss nicht –", fing Becky an.

„Ja." D.J. drückte ihre Hand. Seine Lippen berührten ihre Schläfe und obwohl sie sich alle Sorgen um Ethan machten, ließ ihn diese Verbindung mit Becky innerlich lächeln.

„Können wir uns bei dir treffen?", fragte Adam Becky.

Sie lächelte D.J. an, wandte ihren Blick dann Adam zu und nickte. „Sicher."

Jetzt musste D.J. nur noch herausfinden, wie er den restlichen Tag bestreiten sollte, ohne Becky loszulassen.

KAPITEL NEUNZEHN

O b es ihm gefiel oder nicht, D.J. konnte nicht den ganzen Tag damit verbringen, mit Becky Händchen zu halten. Sie beide mussten arbeiten. Stattdessen verbrachte er den Rest des Tages damit, wie ein Teenager nach seinem ersten Kuss zu grinsen.

Egal, wer sich um das Baby kümmerte, bis D.J. nach Hause kommen oder Vorkehrungen für die Zukunft treffen konnte, würde Brittany mehr als nur eine tragbare Krippe brauchen. D.J. würde nicht den ganzen Laden der Schwestern leer kaufen, besonders nicht, da er annahm, dass seine Tante dieses Vergnügen gerne haben würde, doch an jenem ersten Tag hatte Becky mehr als einmal einen dieser wackeligen Babysitze angesehen. Er entschied sich, dass heute Abend ein kleiner Umweg von Nöten wäre, um besagtes Teil abzuholen.

Bei jedem Schritt zu Beckys Wohnung hinauf, bekämpften sich tief in seinem Magen Angst und Vorfreude. In nur ein paar Stunden hatte seine Welt sich auf den Kopf gestellt. Heute morgen war er noch überzeugt, dass das netteste Mädchen, das er kannte, in seinen jüngeren Bruder verliebt war. Er war sich unsicher gewesen, ob er eine Nichte hatte. Und er hatte keine Ahnung, ob sein Bruder lebendig oder tot war. Jetzt wusste D.J., dass sein Bruder noch lebte, er hatte eine Nichte, Becky – Rebecca – Wilson war definitiv nicht in seinen Bruder verliebt und, falls der heutige Nachmittag aussagekräftig war, hatte er nun auch eine Chance auf das Glück, das seine Brüder vor Kurzem gefunden hatten.

Durch die Tür am Ende der Treppe konnte er Becky singen hören. Er mochte das Geräusch und wie er sich dadurch fühlte. Trotz all der verrückten Scheiße der letzten Tage hatte er sich jeden Tag gefreut, zu Becky nach Hause zu kommen. *Nach Hause.* Der Klang gefiel ihm. „Geduld, Romeo", flüsterte er und öffnete die Eingangstür.

„Hey." Becky drehte sich um und winkte mit einem Holzlöffel. „Da Toni so nett war und letztes Mal Pizza mitgebracht hatte, dachte ich, ich könnte heute Spaghetti kochen. Deine Familie sollte jede Minute hier eintreffen."

Und warum nahm ihm das den Wind aus den Segeln? Er hatte sich nach Zeit allein mit ihr gesehnt. Um zu sehen, wohin das alles hier nach dem Kuss von heute Nachmittag führen würde. Er versuchte, nicht zu sehr darüber nachzudenken, doch seit er vor dem Haus geparkt hatte, konnte er an nichts anderes denken, als sie in seine Arme zu ziehen und zu küssen.

„Oh mein Gott." Ihr Blick fiel auf die große Plastiktüte an seiner Seite. „Was ist das?"

Er stellte seinen Einkauf auf den Küchentisch und zog den Wippstuhl heraus.

Becky schaltete den Herd aus, legte den Löffel weg und kam zum Tisch herüber. „Das hast du nicht."

„Doch." Einen Sekundenbruchteil dachte er, dass er vielleicht das Falsche getan hatte. Bis sie sich umdrehte und ihre Arme um seinen Hals warf.

„Du, Mr. Declan James Farraday, bist ein verdammt netter Kerl."

„Denkst du?" Er versuchte, das gewaltige Grinsen zurückzuhalten, das sich bereits auf seinem Gesicht ausbreitete.

Errötend nickte sie und trat zurück.

Sofort wünscht D.J. sich, er hätte sie in seinen Armen gefangen gehalten, doch er musste geduldig sein. Nur weil er bereits wusste, dass sie die Eine für ihn war, bedeutete das nicht, dass er nicht vorsichtig sein musste, damit er sie nicht drängte. Geduld Romeo. „Bist du Freitagabend beschäftigt?"

„Nein."

Schritt eins, hoffentlich machte er nichts falsch. „Würdest du gerne mit mir zu Abend essen?"

„Das wäre schön."

Euphorie schoss in ihm hoch. „Ich bin sicher, dass einer meiner Brüder sich bereit erklärt, auf Brittany aufzupassen."

Ein entspanntes Lächeln zog auf ihre Lippen. „Wir klingen wirklich wie ein altes Ehepaar?" Sofort wurden ihre Augen rund und sie schlug sich beide Hände vor den Mund und murmelte, „Oh mein Gott", bevor sie einen Schritt zurück machte.

„Hey." Er trat vor und wollte sie in die Arme nehmen.

Sie machte einen weiteren Schritt zurück, schloss lange Sekunden die Augen und schüttelte den Kopf. „Es tut mir leid, ich wollte nichts … andeuten … ich meine." Ihre Hände fielen an ihre Seite. „Ich sehe besser nach der Soße."

„Halt." D.J. legte seine Hand um ihren Ellbogen, als sie an ihm vorbeiging und drehte sie zu sich herum. „Bitte lauf nicht von mir weg."

„Ich laufe nicht weg, ich muss …" Ihr Blick schoss zu seinen Augen hinauf und sie seufzte. „Tut mir leid."

„Warum?"

„Warum?", wiederholte sie.

„Ja. Warum rennst du von mir weg?" Er verstand wirklich nicht, was gerade geschah. Alles schien völlig normal. Sogar schön. Kein peinlicher Wechsel von dem wirklich atemberaubenden Kuss von heute Nachmittag zu einer weiteren Nacht geteilten Sorgerechts für Brittany. Was Becky sagte, war einfach wahr. Sie benahmen sich wie ein altes Ehepaar. Sie hatten die Routine zweier Menschen, die füreinander bestimmt waren, entwickelt. Er wusste das. Oder war das das Problem? „Streich das. Neue Frage. Ist der Gedanke, mit einem Mann wie mir verheiratet zu sein, so schrecklich?"

„Oh, Gott, nein." Beschwörende Augen blickten zu ihm auf. „Es ist nur, dass ..." Sie seufzte erneut. „Ich habe mich vor der ganzen Stadt bereits zum Affen gemacht. Ich möchte das nicht nochmal."

„Affe? Wie?"

„Diese dumme einseitige Schulmädchenliebe für Ethan. Ich will nicht, dass die ganze Stadt erneut über mich spricht." Sie zog ihren Blick von seinen Augen.

Schulmädchenliebe. Erneut. Wenn es darum ging, weibliche Logik zu verstehen, war D.J. nicht besser als jeder andere Kerl, aber gerade fing ein Bild an, sich zu formen. Plötzlich ging ihm ein Licht auf. „Warte. Meinst du uns?"

Becky nickte.

„Die Stadt denkt, dass das für mich eine einseitige Schulmädchenliebe ist?"

Sie schloss die Augen und nickte erneut.

D.J. legte einen Finger unter ihr Kinn und hob ihren Kopf. „Sie mich an."

Ihr Augen öffneten sich.

„Falls es heute Nachmittag noch nicht klar war, lass mich das ausführen. Ich küsse Frauen nicht einfach, weil mir danach ist. Wenn die Stadt sagt, dass jemand einseitig verliebt ist, dann bin ich das."

„Du?" Beckys Mund schloss sich nicht ganz, was in ihm den Drang schürte, ihre Überraschung weg zu küssen. „Aber …“

Er legte einen Finger auf ihre Lippen. „Und ich hätte sehr gerne die Chance, herauszufinden, ob sie beidseitig ist.“

Sie legte ihre Finger um sein Handgelenk und schüttelte den Kopf. „Wir sind schon zwei. Declan James Farraday, es ist bereits beidseitig.“

Ein Lächeln zog an seinen Wangen. „Mir gefällt es, wie du das sagst.“

„Es ist ein schöner Name.“

„Nein“, er küsste sie auf die Nasenspitze, „das mit dem beidseitig.“

„Oh, das.“ Sie lächelte ihn an. „Also, was machen wir jetzt?“

„Wir kümmern uns um Brittany, bis ihr Vater nach Hause kommt und wenn er das tut, könnten wir nochmal auf das Alte-Ehepaar-Ding zurückkommen, falls du mich bis dahin nicht umgebracht hast, weil ich meine Socken auf dem Badezimmerboden liegen lasse.“

„Das hört sich schon jetzt gut an.“

Er war sich nicht sicher, wessen Arme sich zuerst um den anderen legten, aber er zog sie fest an sich und legte all seine Emotionen und Versprechen in diesen Kuss. Alles an ihr war einfach perfekt. Das Gefühl ihrer Haare in seinen Fingern, ihrer Lippen auf seinen, ihrer zarten Kurven an seiner harten Brust. Sie war die Richtige.

Das Trampeln von Schritten kam in der Nähe zu einem Halt, gefolgt von einem Lauten, scharfen Räuspern. „Das haben sie heute Nachmittag auch schon gemacht.“

„Wirklich“, sagte Meg sanft.

D.J. unterbrach die Verbindung und legte seine Stirn gegen die von Becky, wobei er leise flüsterte: „Ihr Timing ist wirklich schlecht.“

„Mmm", summte Becky, was in ihm den Wunsch schürte, sie noch einmal zu verschlingen.

„Gott. Ihr beschleunigt ja von Null auf Hundert in zehn Sekunden." Diese Stimme gehörte Brooks.

D.J. blickte auf und sah seine zwei Brüder und ihre Frauen vor ihnen stehen. „Ihr müsst gerade reden."

Toni stand neben einem neuen Kinderwagen und hatte Brittany auf den Armen. „Da hat er recht, Liebster."

Brooks trat einen Schritt vor. „Das ist überhaupt nicht dasselbe. Wir hatten mehr als …"

„Vier Tage", warf Adam ein.

Brooks blickte seinen Bruder an und verkniff sich ein Lachen. Dann drehte er sich zu Becky und sagte: „Willkommen in der Familie."

EPILOG

Ethan schluckte eine weitere Schmerztablette. Die Wände seines Krankenhauszimmers engten ihn ein. Nachdem ihn die Ärzte an seinem Einsatzort so gut wie möglich versorgt hatten, war er am darauffolgenden Tag nach Deutschland geflogen worden. In Landshut hatte man eine zweite Operation an ihm durchgeführt und drei Tage darauf saß er in einer C-17 auf dem Weg zurück in die Staaten und zu Walter Reed. Effizienter als die Fließbandarbeit bei Ford.

Nicht mehr auf Morphium war Ethan nach einer weiteren Operation wieder zurück unter den Lebenden. Zumindest hatten sie sein Bein retten können. Aber jetzt war die Frage – war das auch genug, um seine Karriere zu retten?

„Egal was passiert, du kannst immer noch zivil fliegen." Carter Jameson war sein Zimmergenosse, seit er in Uncle Sams Fünf-Sterne-Etablissement eingetroffen war.

Ethan unterdrückte den Drang, den Kerl anzuschnauzen. Er war sich nicht sicher, ob das Krankenhaus seinen Bettnachbarn absichtlich gewählt hatte, weil er beide Beine direkt unterhalb der Knie verloren hatte, oder ob es einfach Zufall gewesen war. So oder so, es funktionierte. Nicht, dass Ethan immer noch wütend auf die Welt und diese verdammte Boden-Luft-Rakete war, die seinen Helikopter zum Absturz gebracht hatte, doch als die Ärzte endlich mit ihm fertig waren, würde Ethan mit denselben beiden Beinen, mit denen er geboren wurde, aus der Reha herausgehen. Inklusive einiger zusätzlichen Schrauben und Stifte, aber mit seinen Beinen.

„Post." Eine überaus quirlige Krankenschwester kam herein und reichte Ethan einen Stapel Briefe. „Briefe sieht man nicht mehr so oft und vor allem nicht so viele. Du hast Glück."

„Ja. Hasenpfote", murmelte er.

„Alter", Carter zog sich an dem Griff über ihm hoch und starrte auf die Briefe, „Großfamilie?"

„Ja, kann man sagen."

Seine Tante Eileen war eine Naturgewalt. Der Rest der Welt war zu SMS, E-Mails und Videoanrufen übergegangen, doch seine Tante setzte immer noch auf Stift und Papier – jeden Tag.

Da er ständig unter Schmerzmitteln stand und öfter unter dem Messer gelegen war, als ihm lieb war, hatte er nicht viel von der Außenwelt mitbekommen. Heute war so ziemlich der erste Tag, an dem er wach genug und nicht ganz so wütend auf die Welt war, um die Kommunikationsversuche seiner Familie überhaupt zu realisieren. Und scheiße, war das eine Litanei.

D.J. allein hatte es geschafft, ihm gefühlt tausend E-Mails und Nachrichten zu schreiben. Seine anderen Brüder waren davon auch nicht weit entfernt. Der Drang, alle zu markieren und zu löschen, machte sich schnell in ihm breit.

„Wirst du sie lesen?", fragte Carter und zeigte mit seinem Kinn auf den Stapel Briefe, den Ethan auf seinen Beistelltisch gelegt hatte.

„Ja." In einer Minute. Er verlagerte sich zum Rand des Bettes und ignorierte die handgeschriebenen Briefe noch ein wenig, um mit seiner guten Hand auf seinem Laptop nachzusehen, was seine Familie in letzter Zeit online gepostet hatte. Gleich das erste Bild von Adam und Meg mit ein paar Gästen des Bed-and-Breafasts ließ Adam lächeln. Verdammt, er liebte es, wie glücklich diese Frau Adam machte. Weitere Fotos seiner Brüder und ihren Partnerinnen tauchten auf der Seite auf. Die Frauen machten definitiv mehr Fotos als die Männer. Noch vor einem Jahr konnte er froh sein, wenn er auf ihren Seiten zusammen eine Handvoll Bilder fand.

Ein lautes Lachen entkam ihm, als er ein Foto sah, auf dem die kleine Stacey vor ihre hübsch posierende Mutter und Connor sprang. Er hatte noch keine Gelegenheit gehabt, sie persönlich kennenzulernen, aber von allem was er hörte und auf den Facebook-Seiten seiner Familie sah, liebte er sie bereits jetzt.

„Gute Nachrichten?", fragte Carter.

Ethan nickte. Er wollte das heimelige Gefühl, das ihn gerade erfüllte, nicht verlieren. Er war noch nicht bereit, sich wieder der Realität des Krieges zu stellen. Mit seiner nicht bandagierten Hand scrollte er weiter nach unten, als seine Finger plötzlich von der Tastatur rutschten. Becky stand neben D.J. und sie hatte etwas an sich verändert. Ihre Haare? Make-up? Ihre Kleidung? Das war es. Er klickte auf das Foto, um es zu vergrößern. Ethan wusste nicht, wann er Becky einmal in etwas anderem als Jeans und Arztkitteln gesehen hatte. „Wow." Immer noch Jeans, aber dieses Mal mit einer figurbetonten Bluse mit einem leichten Ausschnitt. Ethan fielen fast die Augen heraus. Dann sah er es. Nicht die Bluse oder ihre Figur, sondern ihren Blick. Ihre Augen waren auf D.J. fixiert und D.J. erwiderte ihren Blick mit derselben unerschütterlichen Bewunderung, die Ethan schon bei Adam, Brooks und Connor gesehen hatte. „Ich glaub, mich laust der ..." D.J. und Becky.

Jetzt war er neugierig, was zum Teufel hier los war,

und blätterte durch die Bilder: Seine Brüder, Rinder, Pferde. Er stoppte bei einem Foto, das eine Samstags-Poker-Runde zeigte. All die Damen vom Tuckers-Bluff-Ladys-Verein waren anwesend, genauso wie sein Dad und Finn. Aber D.J. und Becky waren der Grund, warum er grinste. Ja. Noch einer war weg vom Fenster. Und Ethan konnte nicht glücklicher sein. Auf jedem Foto, auf dem er Becky und D.J. sehen konnte, hingen die zwei wie siamesische Zwillinge aneinander. Auf einigen sahen sie aus, als könnten sie nicht schnell genug ins Schlafzimmer verschwinden. Was für ein seltsamer Gedanke. Die kleine Becky. Ethan schüttelte den Kopf. Die beherzte und unschuldige Becky. Das konnte er sich nicht vorstellen.

Noch ein Bild von Brooks und irgendeinem Baby zeigte D.J. im Hintergrund, wie der in die Ferne starrte. Er würde einen Jahressold darauf verwetten, dass die Schönheit, auf die sein vernarrter Blick gerichtet war, Becky war. Zu komisch.

Mehr Bilder von lächelnden Gesichtern, glücklichen Paaren und dem Baby. Das Kind schien herumgereicht zu werden wie ein Football beim Superbowl. Aber es war Tante Eileens Blick, der ihn das Bild etwas genauer studieren ließ. Sie sah viel zu vernarrt in das Kind aus. „Was zum?"

„Schlechte Neuigkeiten?"

Ethan blickte auf und sah eine Krankenschwester mittleren Alters, die mit einem künstlichen Lächeln das Fenster in die Welt seiner Familie zuklappte. „Nein."

Sie nickte und schüttelte seine Decke auf, wobei sie seine Zehen bewegte und antippte. Von seinem Blickwinkel aus, sah der Teil seines Fußes, der nicht eingegipst war aus, als würde Brät aus einer Wurstpelle herausgedrückt werden. Er fragte sich, wie seine Hand wohl unter dem dicken Verband aussah.

„Kannst du für mich mit den Zehen wackeln?"

Er tat wie ihm befohlen, aber das Manöver ging nicht ohne Schmerzen vonstatten, die sein Bein nach oben schossen.

„Die Schwellung wird schlimmer", informierte ihn die attraktive Krankenschwester und wandte ihre Aufmerksamkeit von seinem Fuß auf seine Hand, „und ich muss den Verband wechseln. Kannst du vorher noch mit den Fingern wackeln?"

Obwohl seine Hand nicht ganz so geschwollen war wie sein Fuß, bewegten sich seine Finger steif, doch immerhin bewegten sie sich.

„Ich denke, für jemand, der einen Absturz überlebt hat –"

„Einen kontrollierten Absturz", korrigierte er.

„Einen kontrollierten Absturz, bist du in ziemlich guter Verfassung. Du hast großes Glück gehabt."

Da war dieses Wort wieder. Glück war das letzte, was ihm einfiel, wenn er daran dachte, dass er wochenlang im Bett liegen und danach monatelang Reha machen musste. „Wie lang, bis ich entlassen werde?"

„Du musst mit Commander Billings reden. Sie sollte bald ihre Visite machen."

Billings, die Chirurgin. Gutaussehend, hübsches Gesicht, nettes Lächeln, wenn sie lächelte. Und selbst der weiße Kittel konnte ihre erstklassige Figur nicht verbergen. Unter anderen Umständen … aber nein. Abgesehen von Brooks wollte Ethan nichts mehr mit Ärzten zu tun haben. Besonders solchen, die ihm das Fliegen verbieten könnten. Er wollte nur hier raus und wieder ins Cockpit. Und selbst wenn er bis zu seinem Tod nichts mehr mit Ärzten zu tun hätte, wäre das immer noch zu früh. Selbst wenn sie aussahen, wie ein Stück des Himmels auf Erden.

EXCERPT:

ETHANS HIMMEL AUF ERDEN

„Bereit zum Abheben."
Nach wochenlanger Planung und intensivem Training war das Team in der Lage gewesen diese Mission im Schlaf zu erledigen. Nun war er mit acht Seelen und seinem Co-Piloten endlich auf dem Heimweg.

Plötzlich ertönte ein lautes „Rakete, Rakete, Rakete!" über Ethans Kopfhörer. Über die Schulter sah er die herannahende Boden-Luft-Rakete. *Verdammt.* Ein Kaleidoskop aus orangen und gelben Lichtern blitze rechts von ihm auf, als der Helikopter einen Ruck nach links machte. *Verdammter ...* Der Hubschrauber kippte vor und zurück, dann von einer Seite zur anderen. Das war nicht, wie er das Ende der Mission geplant hatte. Über den Bordfunk wies er seinen Co-Piloten an, die Waffensysteme zu entleeren. „Schieß alles ab." Trudelnd stürzte sein Vogel in Richtung Boden. *Scheiße.*

Umgeben von schwierigem Gelände würden GPS, Funk und Notfallfunkfeuer vermutlich nicht von Nutzen sein und die Zeit war nicht auf seiner Seite. Einen wilden Bullen zu zureiten, war ein Klacks dagegen, einen Helikopter zu kontrollieren, dessen Heckrotor zerstört worden war. Er hatte neun

Menschen an Bord. Sie hatten zu viel durchgemacht, um nicht wieder zu ihren Familien zurückzukehren. *Ihr werdet wieder nach Hause zu euren Liebsten kommen.* Heute würden sie nicht sterben. Er hatte sie hierhergebracht und er würde sie auch wieder zurückbringen.

Das unaufhörliche Trommeln des Flakfeuers überzog sie wie das Rauschen eines defekten Funkgeräts. Rauch drang ins Cockpit und der Bergrücken kam immer näher. „Nicht heute", murmelte er. Flammen züngelten wie eine Schlange auf Beutesuche an seinem Hubschrauber. „Bereitmachen für Aufschlag!"

Ethans Augen schossen auf. *Atme.* Ruhig. Er lebte und … hing *nicht* kopfüber. Blinzelnd blickte er auf seine Hände. Kein Schrapnell, kein Blut. Ein Verband. Er blinzelte erneut und schluckte schwer. „Die Männer", murmelte er, bevor er sich daran erinnerte, dass sein durchlöcherter Hubschrauber all seine Passagiere in einem Stück auf festen Boden gebracht hatte.

„Sind wohlauf, Major." Eine große attraktive Frau kam mit einem Waschlappen in der Hand aus dem Badezimmer zu ihm. Ohne ein Wort zu sagen, tupfte sie ihm den Scheiß von der Stirn.

Ihr Name lag ihm auf der Zunge. Er kannte diese Frau, aber sein Kopf war immer noch benebelt.

„Ich habe gehört, Sie haben ein kleines Wunder vollbracht. Nicht viele Leute überleben einen Hubschrauberabsturz –"

„Kontrollierte harte Landung." Das Wort Absturz wollte er nicht hören.

„Entschuldigung. Wie ich sagte, nicht viele überleben eine harte Landung, geschweige denn, die ganze Crew."

Jetzt erinnerte er sich. Commander Billings. Seine Chirurgin. Man musste ihn wieder auf stärkere Medikamente gesetzt haben. Er hasste, wie die

Schmerzmittel seinen Kopf vernebelten. „Wie wohlauf ist wohlauf?"

Die hübsche Ärztin runzelte die Stirn und lächelte wieder. „Ihr Copilot ist bereits zusammengeflickt und wieder bei Ihrer Einheit."

Der Nebel in Ethans Kopf lichtete sich immer mehr. Er wusste das. Er wusste, dass sein Kumpel Hammer okay war.

„Der Großteil des Teams erholt sich von Knochenbrüchen, leichten Gehirnerschütterungen und Schnittwunden. Ein paar Verbrennungen ersten Grades. Lieutenant Bishop musste wegen eines Milzrisses operiert werden, aber er erholt sich gut."

Auch das wusste Ethan. „Sie haben mir das bereits erzählt, nicht wahr?"

Der Commander nickte. Seine Vergesslichkeit musste ihr vorheriges Stirnrunzeln verursacht haben, doch jetzt schien sie froh zu sein, dass er sich erinnerte. „Sie machen gute Fortschritte. Der Fuß sieht gut aus. Ihre Hand ebenfalls."

Er wackelte mit den Fingern und Zehen. Ethan war sich nicht sicher, wie viele Tage er bereits hier war, aber er wusste, dass er bereit war, wieder loszulegen. „Wie lange, bis ich meinen Dienst wieder aufnehmen kann?"

Eine einzelne Augenbraue wanderte ihre Stirn hinauf. „Marines", murmelte sie leise, während sie den Kopf schüttelte. „Das ist ein ernster Bruch. Sie hatten mehrere Operationen und eine schwere Infektion mit hohem Fieber, weswegen sie die Woche fast nur geschlafen hatten. Ihre Knochen brauchen sechs bis acht Wochen, um völlig zu heilen, genauso wie die von anderen Sterblichen."

Etwas an der Art, wie sie ihn neckte, entspannte ihn. Erinnerte ihn an Zuhause. Jetzt erinnerte er sich. Er war an seinem Laptop gewesen, um auf den Neuesten

Stand zu kommen, bis er sich nicht mehr hatte wachhalten können. Wie lange war das her? „Meine Familie?"

„Ja, nun. Es scheint, als hätte es eine Panne mit den Papieren gegeben."

„Panne?"

„Sie haben erst gestern eine offizielle Nachricht über Ihren Status bekommen. Ich habe gehört, ihr Vater und ihr Bruder sind auf dem Weg."

„Nein." Wenn die Ärztin vorhatte, ihn zwei Monate für den aktiven Dienst untauglich zu schreiben, bedeutete das, dass er bei seiner Entlassung zurück auf seiner Heimatbasis verlegt werden würde. In diesem Fall könnte er auch seinen aufgesparten Urlaub nehmen und seinen Arsch nach Hause schaffen. Wenn er schon aus dem Verkehr gezogen war, dann doch lieber auf der Ranch. Nicht, dass es in Pendleton schlimm wäre – doch es war einfach nicht Zuhause. „Das ist nicht notwendig."

„Den Teufel ist es nicht." Sean Farraday betrat das Zimmer. Mit über ein Meter achtzig, gekleidet in das für West-Texas typische Outfit, bestehend aus Jeans, Hemd, Rodeo-Gürtelschnalle, abgetragenen – aber polierten – Stiefeln und natürlich einem Statson, war der Mann ein beeindruckender Anblick. Und eine kleine Anomalie in Washington D.C.. „Du hast Glück, dass Tante Eileen nicht hier ist, ansonsten würde sie dich drücken, bis dir die Luft wegbleibt."

Ethan fing an zu kichern, was ihm einen stechenden Schmerz in der Seite bescherte.

„Rippenprellung", erklärte die Ärztin. Daran erinnerte er sich nicht. Natürlich, denn seit er im Walter Reed eingetroffen war, hatte er nicht viel zu lachen gehabt. „Ich bin Commander Billings", sagte sie und streckte die Hand aus.

„Wie geht es Ihnen?" Sein Dad, der den Hut abgenommen hatte, schüttelte ihr die Hand. „Haben Sie sich gut um meinen kleinen Jungen gekümmert?"

Die Augen der Frau funkelten belustigt, aber sie hatte den Anstand, nicht darüber zu lachen, dass Ethan als kleiner Junge bezeichnet wurde. „Wir alle geben unser Bestes."

„Gut." Sein Vater drehte sich um und trat mit in Falten gelegten Augenbrauen zu seinem Sohn. „Wie geht es dir, ehrlich?"

„Bereit für einen Sprung in den Bach. Sollte jetzt schön tief sein."

Sein Dad lächelte. „Könnte besser sein."

„Nicht genug Regen?" Der Nebel in seinem Kopf hatte sich noch nicht verzogen. Er sollte die Antwort kennen.

„Ausreichend", antwortete Sean und studierte seinen Sohn wie ein neugeborenes Kälbchen von Kopf bis Fuß.

„Wie sieht der andere aus?" Sein Bruder D.J. kam in den Raum und steckte sein Handy in die Tasche. Dann reichte er der Ärztin, die etwas erstaunt über den Anblick eines zweiten über ein Meter achtzig großen Mannes in Statson und Cowboystiefeln wirkte, die Hand. „Ich bin Declan."

„Declan?", murmelte Ethan überrascht. „Bist du in Ungnade gefallen?"

Sein Dad schüttelte lächelnd den Kopf. „Es scheint, als denkt Becky, dass Declan ein schöner Name ist."

Also hatte er die Posts im Internet nicht falsch interpretiert. „Hol mich der …"

„Wenn Sie mich entschuldigen würden." Dr. Billings trat beiseite. „Ich muss mit meiner Visite weitermachen. Wenn Sie irgendwelche Fragen haben, kann die Krankenschwester mich anpiepsen. Aber wenn ihr Sohn weiter solche Fortschritte zeigt, sollte er noch diese Woche wieder nach Kalifornien können."

D.J. und sein Vater wechselten einen Blick, der Ethan nicht gefiel. Irgendwann zwischen den Nachwirkungen seiner zweiten OP und dem hohen Fieber war ihm die Unmenge an Kontaktversuchen seiner Geschwister aufgefallen und er fragte sich, was los war. Langsam kam ihm alles wieder in den Sinn. Nachdem er die Fotos von Becky und seinem Bruder gesehen hatte, hatte er gedacht, dass die Nachrichten davon handeln mussten. Die Farraday Brüder fielen wie die Fliegen. Er wusste, dass Becky ein guter Fang war, und er würde den Arsch seines Bruders von hier bis nach Bagram treten, sollte er sie enttäuschen. Doch der Gesichtsausdruck seines Vaters schien nichts mit seinen liebestrunkenen Söhnen zu tun zu haben.

„Also, was zum Teufel ist los?"

Als das heiße Wasser auf ihren Rücken prasselte, konnte Allison Monroe schwören, dass es nichts Besseres im Leben gab, als fließend Wasser. Wenn sie zwischen einer Toilette und einem Boiler wählen müsste, würde die heiße Dusche immer gewinnen.

Morgen früh würde sie das kleine Büro bei MHI, Mobile Healthcare International, aufsuchen und sich über die Geschehnisse in der zivilisierten Welt zu informieren. Doch bis dahin hatte sie ein Date mit einer sehr warmen und äußerst bequemen Matratze. Nachdem sie in den letzten Monaten, die sie in abgelegenen Dörfern verbracht hatte, entweder auf einem Boot oder in einem Zelt gewohnt hatte, nahm ein echtes Bett den zweiten Platz hinter einer heißen Dusche ein, was die Toilette auf den dritten Platz verwies. Bis nach dem Sonnenaufgang zu schlafen, war ein lang ersehnter Luxus.

Der Aspekt des Stadtlebens, auf den sie sich jedoch nicht freute, war das Ritual, sich die Haare aufwendig zurechtzumachen und Make-up aufzutragen, bevor sie in die Öffentlichkeit ging. Mit ihren nassen Haaren in ein Handtuch gewickelt und eingehüllt in einen Frotteebademantel sank Allison in ihr flauschiges Bett und griff nach ihrem Laptop. Wenn sie sich gestattete, jetzt, um erst sieben Uhr, einzuschlafen, würde sie weit vor Sonnenaufgang wach sein.

„Was für ein Schwachsinn." Das war der Grund, warum sie jedes Jahr sieben Monate fern der Zivilisation verbrachte. Die Dinge, über die sich die Leute in den Sozialen Medien beschwerten, als ginge es dabei um Leben und Tod, waren lächerlich. „Ich würde dich gerne zwischen kranken und sterbenden Kindern sehen und dann kannst du erzählen, wie wichtig es ist, dass dein Stadtrat keine Werbung für seine Alma Mater machen darf. Echt."

Allison schob sich von der Matratze, nahm das Handtuch ab und schüttelte ihr Haar aus. Nicht einmal in der tropischen Hitze fiel ihr Haar anders als kerzengerade. Nachdem sie das Handtuch ins Badezimmer geworfen hatte, ging sie durch den Raum und nahm sich eine frische Mango. Das würde sie vermissen. Und ganz besonders die einheimischen Früchte, die es selbst in den üppigen Tälern Nord-Kaliforniens nicht gab. Und die freundliche Bedienung. An den meisten Tagen, wenn die Leute sich besondere Mühe gaben, *la doctora* zu helfen, fühlte sie sich eher wie eine Königin als wie eine Ärztin.

Mit ein paar *ciduelas* in der Hand, einer kleinen roten und orangen Frucht, die einer Pflaume ähnelte, aber nichts mit ihr gemein hatte, und einer Schale mit klein geschnittener Mango, setzte sich Allison wieder vor ihren Laptop. „Vielleicht sind E-Mails nicht so schlimm." Nachdem sie sämtlichen Spam von afrikanischen Prinzen, die ihr Millionen schenken wollten und Seminaren, wie man als Immobilien-Mogul ohne Vorkenntnisse Millionen scheffeln konnte, sowie weitere sinnlose Werbungen gelöscht hatte, konzentrierte sich Allison auf E-Mails von Leuten, die sie wirklich kannte.

Die meisten ihrer Freunde verstanden, dass es auf ihren Reisen von einem abgelegenen Dorf zum anderen fast genauso wahrscheinlich war, einen WLAN-Hotspot zu finden, wie über den sagenumwobenen Jungbrunnen zu stolpern. Manche aber auch nicht. Was ihr eine lange Liste von Leuten bescherte, bei denen sie sich wegen, verpassten Grillfeiern, Geburtstagen und anderen Events entschuldigen musste.

„Meredith?" Die E-Mail ihrer Vermieterin sprang ihr ins Auge. Meredith war definitiv eine der Personen, die wissen sollte, dass Allison E-Mails nicht bekommen würde.

Ich bin mir nicht sicher, wann du das lesen wirst, ich habe dir auch eine Nachricht aufs Handy gesprochen. Sehr seltsam, ich hatte einen Besuch eines Mannes von Brooklyn Security and Investigation aus Miami, der nach dir gesucht hat. Nun, eigentlich nach deiner Schwester. Ich sagte ihm, dass er sich irren musste, da du keine Schwester hast, doch er war ziemlich hartnäckig.

„Oh Francine. Was ist jetzt?" Allisons Brust schnürte sich zusammen. Es war derselbe atemraubende Druck, den sie immer verspürte, wenn sie an die Schwester denken musste, die einen ganz anderen Pfad wie sie eingeschlagen hatte. Solange sich Allison zurückerinnern konnte, steckte ihre Schwester in einem desaströsen Chaos nach dem anderen. Zuerst mit ihrer armen Tante, die keine Ahnung hatte, was sie mit ihr machen sollte, dann mit ihren Lehrern und schließlich mit der Polizei, bis sie eines Tages einfach verschwunden war. Gelegentlich erhielt Allison eine Postkarte, wie damals, als Francine geheiratet hatte. Dann wieder, als sie sich hatte scheiden lassen. Und eine weitere, in der sie verkündete, dass sie nun ein Star werden würde, da sie jetzt Model war. Diese Karten, mit dem Poststempel von Kalifornien, hatten sie dazu veranlasst, ein Stipendium in Stanford anzunehmen. Auch wenn sie damals nie wusste, wo ihre Schwester war, oder was sie anstellte, fühlte sie sich doch wohler, wenn sie wusste, dass sie zumindest im selben Bundesstaat lebten.

Er gab mir seine Karte, aber ich dachte nicht weiter darüber nach, bis Mark erwähnte, dass derselbe Ermittler im Krankenhaus aufgetaucht war, und dort ebenfalls nach dir gefragt hat. Der Kerl beharrt darauf, dass es wichtig ist, dass er deine Schwester findet. Nur für den Fall, dass du ihn erreichen willst, sobald du das liest, habe ich einen Scan der Karte mit den Kontaktdaten beigefügt.

Allison öffnete den Anhang. Simple Karte. Nichts Außergewöhnliches. Nur das Wesentliche. Vermutlich noch ein Betrüger wie die ausländischen Prinzen. Sie schloss die Datei und wandte sich den anderen E-Mails zu. Fünf oder sechs E-Mails weiter unten wusste sie schon nicht mehr alles. Doch was, wenn der Ermittler kein Betrüger war? Was, wenn Francine etwas zugestoßen war? Nein, das ergab keinen Sinn. Wenn der Kerl nach ihr suchte, dann würde er nicht wissen, ob etwas nicht stimmte. Oder doch? „Verdammt."

Allison öffnete Merediths E-Mail erneut und schrieb die Nummer auf den Notizblock auf ihrem Nachtkästchen. Dann sprang sie auf und kramte in ihrem Koffer nach ihrem Handy. Es war ganz unten in einem Plastikbeutel verstaut, da sie nicht erwartet hatte, das Telefon zu benutzen, bis sie in einer Woche oder zwei wieder zuhause war. Zumindest hatte sie für dieses sinnlose Unterfangen den passenden Roaming-Vertrag. Allison tippte die Ziffern der Telefonnummer ein und wartete ungeduldig, bis es klingelte.

„Brooklyn Security", antwortete eine tiefe Stimme mit einem leichten New Yorker Akzent.

„Ja", sie räusperte sich, „hier ist Allison Monroe. Ich habe gehört, dass jemand aus Ihrem Büro mich sucht."

Das Geräusch von klackernden Schlüsseln hallte in ihrem Ohr wider, bevor die Stimme antwortete. „Oh ja, wir haben gehofft, dass Sie in letzter Zeit Kontakt zu Ihrer Schwester, Francine, hatten."

Offensichtlich war der Kerl nicht sehr gut in seinem Job, ansonsten hätte er gewusst, dass Allison die letzten sieben Monate im Dschungel Südamerikas verbracht hatte.

„Irgendwann im letzten Jahr", berichtigte er.

„Nein." Das war einfach. Allison hatte nichts von ihrer Schwester gehört, seit diese sie vor über einem Jahr kontaktiert hatte, weil sie Geld für eine Kaution benötigte. Francine hatte darauf beharrt, dass die Drogen nicht ihr gehörten. Allison hatte ihr so gerne glauben wollen, doch bis sie in einen Flieger nach San Diego gehüpft war, war Francine bereits verschwunden. Wieder einmal. Die Telefonnummer war nicht erreichbar und die Frau bei der Adresse, die ihr ihre Schwester gegeben hatte, behauptete, dass sie Francine schon über sechs Monate nicht gesehen hatte. Es überraschte Allison, dass es in diesen Zeiten für jemanden so einfach sein konnte, nicht auffindbar zu sein. Sie hoffte nur, dass dies nicht bedeutete, dass ihre Schwester auf der Straße lebte. Dieser Gedanke verängstigte Allison fast genauso wie die Albträume von Drogenhöhlen und Unfällen unter Alkoholeinfluss.

„Es ist ziemlich wichtig, dass mein Klient mit Francine spricht. Wann war das letzte Mal, dass Sie Ihre Schwester gesehen haben?"

„Am Tag nach ihrem sechzehnten Geburtstag." Allison schloss die Augen. Dieser Streit zwischen Francine und ihrer Tante Millicent war der schlimmste gewesen, den sie erlebt hatte, seit sie zu ihr gezogen waren.

„Mit ihr gesprochen?", fragte er.

Immer wenn sie schnell Geld brauchte.

„Dr. Monroe?"

„Vor über einem Jahr." Sie war sich nicht sicher, warum sie antwortete. Irgendwo tief in ihr hoffte sie vermutlich, dass dieser Mann schaffen konnte, was keiner der Privatdetektive, die ihre Tante Millicent angeheuert hatte, fertiggebracht hatte.

„Anklagen wegen Drogenbesitz." Das war keine Frage. Allison nickte. Auch wenn das dem Kerl am anderen Ender der Leitung nicht half. Aber er schien ihre Bestätigung sowieso nicht zu brauchen. „Und sie hat nicht versucht, Sie in den letzten paar Monaten zu kontaktieren?"

Allison schüttelte den Kopf? „Nicht, dass ich wüsste, aber ich bin immer noch im Ausland."

„Verstehe. Wann kommen Sie wieder in die vereinigten Staaten zurück?"

„Vielleicht sollten Sie mir sagen, warum Sie mir all diese Fragen über meine Schwester stellen?" Schwere Stille herrschte am anderen Ende, während im Hintergrund erneut Schlüssel klimperten. Allison hielt den Atem an. Sie hatte ein ungutes Gefühl.

„Dr. Monroe, ist Ihnen bewusst, dass Sie eine neugeborene Nichte haben?"

„Eine was?" Das musste ein Irrtum sein. Dieser Mann musste nach einer anderen Francine Langdon suchen, oder welchen Namen sie gerade benutzte.

„Ihre Schwester hat ein Baby vor der Tür meines Klienten ausgesetzt. Ich wurde angeheuert, um Francine zu finden, jetzt wo die Vaterschaft bestätigt wurde."

Vaterschaft? Allison war aufgesprungen und schmiss Dinge zurück in ihre Taschen. Das morgendliche Meeting mit den Leitern der mobilen Klinik im Dschungel des Amazonas würde das kürzeste in der Geschichte des MHI werden. Gleich danach würde sie in einem Flugzeug in die Staaten sitzen und nach … sie erstarrte. „Wo genau hat meine Schwester meine Nichte ausgesetzt?"

Fassungslos beschrieb das Gefühl, das sich in Ethan ausbreitete, nicht einmal annähernd. Er war schon wütenden Vorgesetzten, streitlustigen Rekruten, verrückten Aufständischen und sogar dem Tod gegenübergestanden, doch nichts hatte ihn so erstarren lassen wie der Gedanke an Vaterschaft. „Seid ihr sicher?"

D.J. und sein Vater nickten synchron.

Natürlich waren sie sicher. Sie hatten ihm bereits von den DNS-Tests erzählt. Auch wenn seine DNS nicht getestet wurde, warum sollte irgendeine Frau, die mit einem seiner Brüder geschlafen haben könnte, nach Kalifornien gehen, um dort ihr Kind zur Welt zu bringen, und dann zurück nach Texas reisen, um es als das von Ethan auszugeben? Er blickte auf die Geburtsurkunde in seiner Hand. Francine Langdon. Wieso machte es nicht Klick? Ja, er mochte Frauen, und ja, wie viele Männer genoss er ihre Gesellschaft, doch es war nicht so, als hätte er bei jeder Gelegenheit mit einem ganzen Harem geschlafen.

Keine Verpflichtungen, keine Bindungen waren Standartprozedur. Militärpiloten waren lausige Ehemänner. Die meisten Frauen wussten das. Zumindest die, mit denen er etwas gehabt hatte. Aber er sollte verdammt sein, wenn er dabei nicht immer ein Gentleman gewesen war. Er kannte immer die Namen der Frauen, wusste, was sie mochten, und er stellte immer sicher, dass sie sich im Guten trennten, wenn sie beide wieder ihre eigenen Wege gingen.

„Francine", wiederholte er leise.

Die Braue über D.J.s linkem Auge wanderte hoch auf seine Stirn und Ethan wusste, dass er ertappt worden war.

„Es war auch ein Brief bei der Geburtsurkunde", sagte D.J. ebenso leise.

Ihr Vater drehte den Kopf, um D.J. anzusehen und wirkte etwas überrascht.

D.J. zog eine Schulter hoch und drehte sich dann zu Ethan. „Sie hat mit Fancy unterschrieben."

Fancy. Er hatte von Anfang an gewusst, dass das nicht ihr echter Name sein konnte, aber sie hatte ihm nicht mehr über sich erzählt. Es war ein sehr langes Wochenende nach einer sehr lagen und zermürbenden Übung gewesen. Er wollte nur ein paar Biere, ein paar Runden Billard und eine Chance, an nicht denken zu müssen, besonders nicht an den Grund für all das Training.

Sie war gerade aus einer Beziehung mit einem Kerl gekommen, den sie wenig liebevoll als König der Arschlöscher bezeichnet hatte. Mehr als einmal wäre sie wegen des Drogenkonsums des Kerls fast im Gefängnis gelandet, doch letztendlich war sie zu Verstand gekommen und hatte ihn abserviert. Er hatte das Gefühl gehabt, dass sie es allein sehr schwer hatte. Und er erinnerte sich gut an jene Nacht.

Eine Blondine mit umwerfend blauen Augen und südkalifornischer Bräune. Fancy hatte etwas zu glücklich ausgesehen, als sie die Bar betreten hatte, fast so, als wäre das nicht ihr erster Stopp gewesen. Doch sie konnte gerade gehen und hatte eine Freundin an ihrer Seite. Eine Stunde später war die Freundin nirgends zu finden und ein SEAL, der sein eigenes Gewicht in Tequila getrunken hatte, schmiegte sich an sie. Zehn Minuten später, als Ethan fast schon zur Tür hinaus war, blickte er ein letztes Mal über die Schulter. Der Kerl mit den Oktopus-Händen war aufdringlicher geworden und die Blondine versuchte, von ihm wegzukommen.

Ethan würde keine erwachsene Frau davon abhalten, Spaß zu haben, wenn diese das wollte, doch es gab Regeln, an die sich jeder anständige Mann halten sollte, selbst solche, die viel zu lange im Einsatz gewesen waren. Nein bedeutete nein und ein ja unter viel zu viel Alkoholeinfluss zählte nicht.

Er brauchte nicht mehr als ein paar zusätzliche Sekunden, um zu realisieren, dass diese Frau ihre Meinung geändert hatte, egal, was sie zuvor gesagt hatte. Mit wenigen langen Schritten ging er hinüber und blieb neben der Blondine stehen. Sie sah von Nahem sogar noch schöner aus und war definitiv nicht mehr in der Lage, ihre Zustimmung zu geben. „Sorry, dass ich mich verspätet habe", sagte er mit seinem besten Lächeln.

Mit geweiteten Augen blickte die Blondine über ihre Schulter und ein Funken Angst tauchte in ihren Augen auf. Der Rüpel, der ihren Arm fest umklammerte, knurrte lediglich.

„Bereit nach Hause zu fahren?", fragte Ethan, während er die bösen Blicke des Kerls ignorierte, der gerade merkte, dass ihm die Chance auf etwas Spaß entglitt.

„Ich, ähm." Sie blinzelte und blickte ihn erneut an. Ihr Kopf schoss zu dem anderen Kerl und dann schnell wieder zu Ethan. Dann nickte sie.

Vorsichtig legte er seine Hand um ihren Unterarm. „Lass uns gehen."

Sofort fiel ihr Blick auf seine Hand und im selben Augenblick löste sich die Anspannung in ihrem Körper.

Vielleicht lag es an der Tatsache, dass er sie im Gegensatz zu dem groben notgeilen Gorilla kaum berührte, oder daran, dass sie instinktiv erkannte, dass er ihr nicht schaden wollte. Doch egal was der Grund war, sie blickte in sein Gesicht und lächelte. „Ja, gehen wir."

Nicht gerade froh über die Planänderung stürzte sich der Idiot auf ihn, doch Ethan streckte den Betrunkenen mit ein paar schnellen Schlägen nieder. Als Entschuldigung für die Umstände legte er ein paar Geldscheine auf die Bar und verschwand gerade noch rechtzeitig mit der Blondine, bevor eine Marines-gegen-Navy-Schlägerei ausbrach.

„Bist du noch bei uns?", fragte sein Vater.

Ethan nickte. Er fühlte sich wie betäubt, doch nicht von den Schmerzmitteln. „Ich nehme Urlaub."

„Die Ärztin meinte, dass du noch eine Woche hier sein könntest."

„Das ist egal."

„Ist es nicht", sagte sein Vater. „Du tust niemandem einen Gefallen, wenn du nicht richtig gesund wirst."

„Ich bin im Krankenstand. Ich soll nach Pendleton zurückkehren. Nachbehandlung und dann Reha."

„Wann musst du wieder auf der Basis sein?", fragte D.J..

Ethan schüttelte den Kopf. „Bald. Ich rede mit meinem Vorgesetzten. Ich habe etwas Urlaub angespart. Es gibt keinen Grund, warum ich nicht bis zu Reha zuhause bleiben kann." *Zuhause.* Er wackelte mit den Zehen und realisierte, dass er sich nicht mehr so große Sorgen um seinen Knöchel machte. Jetzt gab es etwas viel Wichtigeres, um das er sich kümmern musste.

ÜBER CHRIS KENISTON

Chris Keniston ist Autorin von vierzig zeitgenössischen Romanen und lebt mit ihrem Mann, zwei menschlichen Kindern und zwei Hundekindern in einem Vorort von Dallas. Obwohl sie beide Hunde gleichermaßen liebt, gibt sie zu, eine ganz besondere Bindung zu ihrem Deutschen Schäferhund aus dem Tierheim zu haben. Schließlich verdienen auch Hunde ein Happy End.

Auf www.chriskeniston.com erfahren Sie mehr über Chris Keniston und ihre Bücher.

Folgen Sie Chris Keniston auf Facebook unter dem Namen ChrisKenistonAuthor und auf Twitter unter dem Namen @ckenistonauthor.

MEHR BÜCHER

VON CHRIS KENISTON

**Weitere Bücher der
Farraday-Country-Reihe:**
Adams geheimnisvolle Braut
Brooks' verbotene Sehnsucht
Connors Herzenswunsch
Declans überraschende Begegnung
Ethans Himmel auf Erden
Finns zweite Chance
Graces trautes Heim

www.ingramcontent.com/pod-product-compliance
Lightning Source LLC
Chambersburg PA
CBHW020808190726
48285CB00006B/2202